중학 생활 날개 달기 ④
넌, 네 마음이 보이니?

중학 생활 날개 달기 ❹

넌, 네 마음이 보이니?

초판 1쇄 인쇄 2024년 5월 30일
초판 1쇄 발행 2024년 6월 17일

지은이 이명랑
그림 뻑새(김수현)
펴낸이 이범상
펴낸곳 (주)비전비엔피 · 애플북스

책임편집 한윤지
기획편집 차재호 김승희 김혜경 박성아 신은정
디자인 김혜림 최원영 이민선
마케팅 이성호 이병준 문세희
전자책 김성화 김희정 안상희 김낙기
관리 이다정

주소 우) 04034 서울특별시 마포구 잔다리로7길 12 (서교동)
전화 02) 338-2411 | 팩스 02) 338-2413
홈페이지 www.visionbp.co.kr
인스타그램 www.instagram.com/visioncorea
포스트 post.naver.com/visioncorea
이메일 visioncorea@naver.com
원고투고 editor@visionbp.co.kr

등록번호 제313-2007-000012호

ISBN 979-11-92641-34-8   04810

• 값은 뒤표지에 있습니다.
• 잘못된 책은 구입하신 서점에서 바꿔드립니다.

중학생이 되어
이성 교제로 고민하기 시작하는 친구들에게

안녕하세요, 소설가 이명랑입니다.

중학생이 되면서 이성에 대한 호기심과 관심이 많아졌다고 하는 친구들이 꽤 있는 것 같아요. 이성에 대한 관심이 많아지다 보니, 당연히 이성 교제에 대해서도 이런저런 생각들을 많이 하게 되죠.

이성 교제! 그것도 10대 이성 교제!

과연, 해야 되나? 말아야 되나?

아마 지금 이런 고민을 하고 있다면, 누군가에게 고백을 받았거나, 누군가에게 고백을 하고 싶거나 혹은 나도 내 마음을 잘 모를 때가 아닐까 싶습니다.

사귀어야 해? 사귀지 말아야 해?

혹시 우리 친구들도 갈팡질팡하는 내 마음, 나도 모르는 내 마음 때문에 고민해 본 적 있지 않나요?

오랜 시간 청소년 소설을 쓰면서 저는 정말 많은 청소년을 만났습니다. 학교에서, 도서관에서, 거리에서, 수많은 청소년과 만나 대화를 나누고 함께 웃고 떠들고 울었습니다. 그러다 어느 날부터인가 '초등학교 생활과 중학교 생활의 가장 큰 차이가 뭘까?'라는 주제로 설문을 하게 됐죠. 많은 아이들이 낯선 학교, 낯선 친구들, 낯선 교실 환경, 매시간 선생님이 달라지는 것에 대해 큰 부담감을 가지고 있었어요. 제 아이들이 그랬던 것처럼 말이죠. 그런데 예비 중학생을 위한 책은 대부분 국, 영, 수 등 교과 성적이나 선행학습의 길잡이가 되는 것들뿐이지 중학교 실생활에 도움을 줄 수 있는 책은 찾아보기 힘들었어요.

이제 막 중학교에 올라가는 친구들이나 이미 중학교 생

활을 하고 있는 친구들 혹은 중학생이 된 자녀를 조금 더 잘 이해하고 도와주고 싶은 부모들을 위해 내가 할 수 있는 일은 없을까? 우리와 같은 고민하는 이들에게 나와 내 자녀의 경험을 나눠줄 수는 없을까?

그렇게 시작된 물음표에서부터 〈중학 생활 날개 달기〉 시리즈는 시작되었답니다. 〈중학 생활 날개 달기〉 시리즈에서는 주인공인 현정이와 태양이가 중학생이 되어 낯선 중학교 생활을 해나가면서 친구를 사귀고, 수행평가를 비롯해 중간고사와 기말고사와 같은 시험을 치러내고, 꿈을 찾고, 첫사랑을 통해 '나다운 나'를 깨닫고, 혼자가 아닌 '우리가 함께 하는 삶'에 이르기까지의 과정을 그려냈습니다. 현정이와 태양이의 일 년간 중학 생활 고군분투기 속에 지금까지 제가 만났던 청소년 친구들의 불만과 고민, 소망들을 고스란히 전할 수 있기를 바라며 저 역시 소설 속에 '이명랑'이라는 인물로 등장하여 함께 웃고 울었습니다.

〈중학 생활 날개 달기〉 시리즈의 4권인 《넌, 네 마음이 보이니?》에서는 우리 친구들 이성 교제에 대한 고민을 담았습니다.

이성 교제, 그것도 10대의 이성 교제는 정말 중요한 의미를 가집니다. 제가 만난 청소년들 중에는 그저 호기심에 이성 교제를 시작하거나 단지 심심해서, 외로워서, 혼자 있기 싫어서 이성 교제를 시작한 친구들도 있었습니다. 그러나 10대 때 제대로 된 이성 교제를 하지 못하면, 어른이 되어서도 잘못된 이성 교제를 하게 될 수 있어요. 인간관계에서까지 큰 어려움을 겪게 될 수도 있답니다.

왜냐구요? 이성 교제 역시 '나' 아닌 다른 사람과 만나 '사람 사이의 관계'에 대해 알아가는 것이기 때문이죠. 그러니까 이성 교제는 단지 '좋아하는 사람을 사귀거나 안 사귀거나'라는 문제에서 끝나는 것이 아니랍니다.

그래요. 10대 이성 교제가 중요한 이유는, 바로 새로운 사람을 만나고 가까워지는 과정을 통해 '대인관계'에 대해 배울 수 있는 특별한 기회이기 때문이에요. 서로 다른 사람이 만나 교제하는 과정에서 차이와 의견 갈등이 있을 때 어떻게 갈등을 해결하는지, 그리하여 어떻게 조화를 이룰 수 있는지 배울 수 있어요. 또 서로를 어떻게 생각하고 배려해야 하는지, 건강한 교제를 위해 노력한다는 것이 무엇인지도 알아가야 하죠.

좋아한다는 감정은 어떤 걸까요?

사랑한다는 감정은 또 어떤 걸까요?

좋아한다거나 사랑한다는 감정 역시 우리가 살아가며 겪게 되는 삶의 과정이에요. 누구나 한 번쯤은 겪게 마련이죠. 그러니까 타인의 시선보다 중요한 것이 과연 무엇인지, 나도 모르는 내 마음을 내가 잘 들여다보고 잘 다독여주고 그리하여 내 마음을 잘 찾아갈 수 있어야 해요. 그래야 우리 친구들이 누구를 만나든, 어떤 감정을 갖게 되든 그 관계를 행복하게 만들어갈 수 있어요.

자, 그럼 〈중학 생활 날개 달기〉 시리즈의 4권 《넌, 네 마음이 보이니?》의 주인공인 태양이는 과연 어떻게 자신도 잘 모르는 자기 마음을 들여다보고 다독이고 찾아가게 됐을까요?

사실, 이건 비밀인데요. 태양이가 얼마 전 나무 중학교에서 제일 예쁘다고 소문난 여학생에게 고백을 받았거든요. 과연 태양이는 그 여학생을 사귀게 될까요? 우리 친구들 생각에는 태양이가 어떤 선택을 했을 것 같나요?

태양이의 좌충우돌 제 마음 찾기, 천방지축 사랑 찾기, 알록달록 이성 교제 이야기 한번 들으러 가볼까요? 혹시 알아요? 태양이 이야기 듣다가 우리 친구들도 숨겨놨던, 아직 발견하지 못했던 자신의 마음 한 조각 발견하게 될 수 있을지. 아마도 그 조각은 반짝반짝 빛이 나고 있을 거예요. 어떤 빛깔로든 말이죠.

2024년 봄
이 봄처럼 파릇파릇 피어나는 마음들을
우리 친구들이 소중히 가꿔가기를 바라며

차
례

프롤로그

고백했다. 이태양에게!
우리 반 최고 미녀 오미애가?

제1장 인기남? 내가?

시청각실 문을 열었다.

오우! 워! 오오! 우우우!

게임 속 몬스터들의 입에서나 나올 법한 이상야릇한 외침이 나를 향해 날아들었다.

뭐지? 대체 뭐야?

나는 몬스터들의 웅성거림을 뚫고 시청각실 안으로 들어가야 했다. 그런데 내가 한 걸음 내디딜 때마다 몬스터에 빙의한 듯한 우리 반 남자애들 모두 약속이나 한 듯이 뒤로 물러나며 내 앞길을 터 주는 것이 아닌가!

내게 길을 터 주고 양옆으로 갈라져 버린 남자애들 때문에 나는 무슨 대단한 시상식장의 레드카펫 위를 걷는 남자 주인공이라도 된 것만 같았다. 게다가 나를 향해 쏟아지는 여자애들의 호기심 가득한 눈빛까지! 대체 무슨 일 때문인지 여자애들까지 나를 힐끗거렸다. 킥킥거리는 웃음소리가 들려오기도 했다. 무대 앞 바로 앞자리에 마련되어 있는 내 자리까지 걸어가는 내내 여자애들의 시선이 내게 쏟아졌다.

아니, 아니, 아니야! 이건 진짜 아니지!

지금까지 부담스럽다는 말을 해 본 적 없는 나였지만, 그 순간에는 확연히 알 수 있었다. 부담스럽다는 말이 정확히 어떤 뜻인지 말이다. 컥 숨이 막히고 어디로든 도망가 버리고 싶은 그 느낌에 질려 나는 폭발하고 말았다.

"뭐야! 너희들 대체 왜 그러는 거냐?"

나는 무대 바로 앞, 특별히 마련된 연출자 자리에 거칠게 가방을 내던지며 아이들을 휘둘러봤다.

휘이~~~익!

어디선가 휘파람 소리가 들려왔다.

저 박력! 꺅! 짱 멋져!

어디선가 희한한 소리가 들려왔다.

과연 나무중학교 최고 미녀의 '그이'인가요?

어디선가 생각지도 못한 소리가 들려왔다.

대체 이게 다 무슨 소리지?

나는 잔뜩 인상을 쓰며 고개를 갸웃거렸다.

날이 너무 더워서 다들 머리가 어떻게 된 건가? 여름 방학 시작하자마자 놀지도 못하고 반 전체가 연극 연습을 하러 나와서? 담임 선생님한테는 불평해 봤자 소용없으니까 연출을 맡은 나한테 희한한 방식으로 화풀이? 그럼 멋지다는 말은 뭐야? 최고 미녀의 '그이'라는 말은 또 뭐고?

내 머리로는 도저히 풀 수 없는 수수께끼 같은 말들 때문에 머리를 쥐어짜고 있는데 누가 내 어깨를 툭 쳤다.

"오~~! 인기남이십니다요! 태양 님! 우리 학교 최고 미녀한테 고백씩이나 받으셨다면서요?"

황영웅이었다. 영웅이 내 어깨에 제 팔을 두르며 히죽거렸다. 그러자 영웅의 말이 무슨 신호라도 되는 듯이 남자애들이 우르르 몰려 왔다.

진짜냐? 미애가 진짜 고백했어? 미애가 먼저 고백한 거 사실? 이태양 네가 고백한 거 아니냐? 미애가 왜 너를? 와, 미쳤다! 이태양 진짜 인기짱인데? 미애랑 사귀기로 한 거냐? 나무중학교 최고 미녀를 사로잡은 비결은?

물음표! 물음표! 물음표!

어느새 나는 물음표들에 포위됐다. 물음표들에 갇혔다. 나를 에워싼 물음표들이 거칠게 나를 흔들어 댔다.

대답해! 빨리! 진실을 털어놓으라고!

물음표들은 한결같이 내게 대답을 재촉했지만…… 그러나…… 나는 대답할 수 없었다.

"그만! 제발 그만 좀 해!"

나는 더 이상 참지 못하고 버럭 소리 질렀다. 나의 뜻밖의 반격에 놀란 녀석들이 뒤로 주춤 물러났다. 다들

'이게 그렇게 화낼 일이냐?'라는 얼굴로 나를 쳐다봤다. 그렇지만 할 수 없었다.

"몰라! 몰라! 나도 몰라! 모른다고! 다들 제자리로!"

나는 두 손을 내저으며 남자애들을 멀리 쫓아냈다. 욕 먹어도 할 수 없었다. 정작 나도 모르는 걸 어떻게 대답하냐고! 그러니까 진짜 왜? 대체 왜? 미애가 왜 나를? 나무중학교 최고 미녀가 나를 좋아한다고? 그러니까 왜? 아무리 생각해도 미애가 나를 좋아할 이유 따위 없었다.

미애가 왜 나를 좋아하냐고? 나도 정말 그 이유를 모르는데 어떻게 대답하냐고!

될 대로 되라는 심정으로 의자에 몸을 파묻었다. 눈을 감아 버렸다.

"이태양!"

영웅이 내 이름을 크게 불렀다. 실눈을 뜨고 쳐다봤더니, 영웅이 내게 엄지를 추켜세웠다.

"과연 인기남이십니다요!"

영웅의 말에 남자애들이 다시 수군거리기 시작했다.

원래 인기남들이 좀 까칠하지. 저 정도 까칠해야 인기 있는 건가 봐. 나쁜 남자가 인기 있잖아. 이제부터 나도 까칠남이 되어야겠다. 인기남, 부럽다! 부러워!

남자애들의 인기남 소리에 정말이지 질려 버렸다. 그만 좀 하라고 몇 번이나 소리쳤지만 그만두라고 그만두면 나무중학교 1학년 1반이 아니었다.

나는 두 손으로 귀를 틀어막고 어쩌면 나의 새로운 별명이 되어 버릴지도 모를 단어를 몇 번이나 속으로 되뇌어 봤다.

인기남…… 인기남…… 인기남……

낯설었다. 이상했다. 익숙해질 수가 없었다.

인기남이라니? 누가? 내가?

내가 생각해도 너무너무 낯설고 이상해서 나는 이 모든 일의 시작인 미애를 향해 슬며시 고개를 돌렸다. 그런데 내가 미애와 눈이 마주치기도 전에 미애 옆에 있던 봉화가 믿을 수 없을 만큼 큰 소리로 외쳤다.

"꺅! 어쩜 좋아! 미애야! 이태양이 너 쳐다본다. 이태양 눈빛 너무 뜨거워!"

그 말에 시청각실은 아무 말 대잔치로 순식간에 아수라장이 되어 버렸다.

제2장 사귀는 거냐?

"나무중학교 1학년 1반!"

담임선생님이 시청각실 문을 열고 들어왔다. 그 바람에 내게 쏠렸던 아이들의 시선이 무대 위, 담임선생님한테로 옮겨 갔다. 휴우~~ 나는 작게 안도의 숨을 내쉬었다. 학교 다니면서 담임선생님이 이렇게 반가웠던 적은 진짜 처음이다.

"드디어 오늘! 바로 이 시간! 우리는 물의 정령 온딘이 되기 위해 이 자리에 모였다. 한 사람 한 사람의 열정과 땀이 무대라는 열매로 결실을 맺는 종합예술, 그것이야말로 연극! 그것이야말로 청춘! 오늘 이 시간부터 우리는 모두 물의 정령 온딘이닷!"

담임선생님이 주먹을 불끈 쥐었다. 오소소, 내 팔뚝에 소름이 돋았다. 담임선생님이 저렇게 주먹에 힘을 줄 땐 꼭 나쁜 일이 생겼으니까.

"이태양! 아니 이 연출! 선생님은 우리 이 연출에게 거는 기대가 크다! 선생님도 대학생 때 연극부를 했다고 했잖냐. 선생님도 연출이었다, 연출! 이 연출! 우리 연출끼리 파이팅 한 번 하자!"

담임선생님이 내 앞에 주먹을 내밀었다. 으으으! 나도 모르게 이마를 찡그리고 말았다. '청춘'이란 말을 아무렇지도 않게 해대는 아저씨랑 나만 따로 파이팅을 해야 한다구?

으으으! 나도 모르게 이마를 찡그리고 말았다. 순간, 담임선생님 왼쪽 눈썹이 위로 솟구쳐 올라갔다. 더 늦장을 부렸다가는 지금보다 더 나쁜, 나로서는 상상도 할 수 없는 어떤 일이 벌어질까 봐 더럭 겁이 났다. 나는 후다닥 내 주먹을 담임선생님 주먹에 맞부딪쳤다.

"역시 이 연출! 그럼 선생님은 우리 이 연출만 믿고 가
겠다."

담임선생님은 정작 연극 연습에 필요한 이야기는 한
마디도 해 주지 않고 나가 버렸다.

가다니? 이렇게 가 버리다니? 오늘부터 우리 연극 연
습하는 거 아니었어?

"선생님! 선생님! 어디 가세요? 이렇게 가시면 어떡해
요?"

내가 화들짝 놀라 뒤쫓아 갔지만, 담임선생님은 벌써
쾅 소리가 나게 문을 닫고 나가 버렸다. 이 연출만 믿겠
다는 터무니없는 말만 남긴 채 어딘가로 급히 사라졌다.

"이, 이렇게 가 버리시면 저더러 어쩌라고요!"

너무 놀라 입이 벌어졌다. 한동안 벌어진 입을 다물 수
없었다.

"이 연출! 우리 이 연출! 그럼 오늘 우리 뭐부터 합니
까?"

황영웅이 담임선생님 흉내를 내며 내 약을 바짝 올렸다. 마음 같아서는 연극 연습이고 뭐고 다 때려치우고 싶었다. 그런데 내가 손에 쥐고 있던 연극 대본을 집어 던지려고 들어 올리자마자 여기저기서, 특히 미애 주변에서 "박력 있다!", "멋지다!" 등등의 외침이 터져 나왔다. 이대로 그냥 집에 갔다가는 내가 없는 곳에서 무슨 말들이 오고 갈지 상상도 하기 싫었다.

나는 집어 던지려고 번쩍 들어 올렸던 연극 대본을 깃발처럼 흔들며 외쳤다.

"그러니까 리딩 연습부터닷!"

뭐냐? 나 지금 담임선생님이랑 똑같은 말투? 으으으! 진짜 오늘 나 왜 이러는 거냐!

내가 생각해도 어이가 없어 진저리를 쳤다. 어느새 왔는지 미애와 봉화가 내 옆에 서서 그런 나를 빤히 바라보고 있었다.

나도 모르게 뒤로 주춤 물러났다. 미애가 까르르 웃으며 한 발짝 가까이 다가왔다. 후끈 얼굴이 달아올랐다.

보나 마나 빨개졌을 게 뻔하다.

"뭐, 뭐, 뭔데?"

나는 말까지 더듬거렸다.

"리딩 연습하자며? 앉아서 그냥 대본만 읽어? 아니면 무대 위로 올라가서 진짜 연극 하는 것처럼 하면서 읽을까?"

미애가 두 눈을 동그랗게 떴다.

"어? 그, 그러니까······."

또 더듬거렸다.

"이태양! 너, 열 있니? 얼굴 되게 빨게!"

봉화가 내 얼굴을 가리켰다.

"빨갛긴 누가? 그냥 더워서 그래, 더워서! 자, 자, 다들 빨리 나와! 무대 위에 올라가서 해 보자!"

나는 대본으로 부채질을 해 대며 무대를 향해 얼른 돌아섰다. 봉화와 길게 말하고 싶지 않았다. 봉화가 누구인가? 안봉화로 말할 것 같으면 자타공인 1학년 1반 최고 빅 마우스(Big Mouth)인데다 미애의 단짝이다. 봉화와는 앞으로도 가능한 말을 섞지 않는 편이 좋겠다고 생각하며 나는 목소리에 부러 더 힘을 줬다.

"다들 준비됐지? 첫 장면부터 해 보자! 온딘 등장!"

내 말에 봉화가 무대 중앙으로 걸어 나왔다. 쌍꺼풀 없이 가로로 길게 쪽 찢어진 눈, 그 속에 분명 검은 눈동자와 흰자위가 함께 들어가 있을 텐데도 너무 작아 검은 눈동자 말고는 보이지 않는, 작아도 너무 작은 눈과 너무 납작해서 흔적조차 찾아볼 수 없는 콧대를 가진 봉화! 외모로만 보면 절대로 여주인공이 될 수 없을 거라는 모두의 예상을 깨부수고 그 연기력을 인정받아 당당히 〈물의 정령 온딘〉의 여주인공이 된 봉화! 1학년 1반 물의 정령 온딘이 객석을 바라봤다.

"랄라랄라~ 랄라랄라~ 다람쥐야 안녕! 내 이름은 온딘! 물의 요정 온딘이란다! 장미꽃아 안녕! 잘 부탁해. 오늘부터 숲속 오두막에 살게 됐단다. 후우~~훗! 사람들은 이렇게 숨을 쉬는구나? 물에서 살 땐 이렇게 크게 숨을 쉬어 본 적이 없어."

우리의 여주인공이 왼손은 대본을 받쳐 들고 오른손
은 날갯짓하듯 하늘로 펄럭이며 대본을 읽기 시작했다.
시끄럽던 교실이 일순 조용해지며 반 아이들 모두 봉화
에게 집중했다.

과연 단숨에 관객을 빨아들이는 연기력이구나, 나는
안도의 숨을 내쉬며 연출석에 털썩 주저앉았다. 그제야
연출을 맡길 참 잘했다는 생각이 들었다. 배우들이 무대
위에서 대본을 읽는 동안만이라도 이렇게 자리에 앉아
있을 수 있으니까. 이렇게 아이들이 무대에서 연기를 하
는 동안에는 부담스러운 시선에서 벗어날 수 있으니까.

"호호호 호호호 내 정신 좀 봐. 난 오늘부터 인간이잖
아? 물속에서 해 보지 못한 일들이 얼마나 많은데? 인간
들이 먹는 음식! 인간들이 입는 옷! 인간들의 축제! 축
제? 축제라고? 그래! 내가 지금 이럴 때가 아니지. 예쁜
옷을 입고 축제에 가는 거야~~. 그리고 흥겨운 음악에
맞춰 춤을 추고! 멋진, 멋진 남자와 입맞춤을? 아이, 몰
라, 몰라, 몰라!"

봉화에 이어 이번엔 남자 주인공 역을 맡은 영웅이 무대 중앙으로 걸어 나왔다. 무대에 오르기 전 영웅은 아주 잠깐 무언가 큰 결심을 하듯, 흡, 하고 크게 숨을 들이마시며 인상을 썼다. 그냥 연극 자체를 하기 싫은 건지, 봉화와의 사랑 연기를 하기 싫은 건지는 알 수 없었다. 다만 내가 알 수 있는 건, 인상을 쓰든 안 쓰든 영웅이 참 잘생겼다는 사실 뿐이었다.

연출석에 앉아 자세히 보니 영웅은 키도 진짜 컸다. 영웅은 우리 반 최고 미남으로 뽑혔는데, 새삼스레 그럴 만하다는 생각이 들었다. 아무튼 영웅은 주인공으로 뽑혔는데도 대사가 많다는 이유만으로 주인공은 절대로 안 하겠다며 난리를 쳤다. 그러나 연습 때마다 무조건 빵을 사 준다고 하자 재빨리 말을 바꿔 남자 주인공 역을 맡았다. 그만큼 식탐이 대단한 녀석이다.

앗! 빵? 빵이라고? 오늘 황영웅 빵은 대체 누가 준비했지? 저 녀석 성격에 빵 없다고 하면 당장 집에 가 버리는 거 아냐?

불현듯 영웅에게 약속한 빵에 생각이 미쳤다. 나는 혹시 시청각실 어딘가에 간식이 있나, 주위를 두리번거렸다. 순간, 현정이와 눈이 마주쳤다. 현정이 내 얼굴을 빤히 들여다봤다. 나를 바라보며 할 말이 있다는 듯이 입술을 달싹였다. 왠지 그 얼굴에 대고 너 혹시 황영웅 빵 사 왔냐, 라고는 묻지 못했다. 아니, 물어봐서는 안 될 것 같았다. 영웅이 빵 말고 다른 말, 그러니까 우리 반 애들이 나와 미애에 대해 떠들어 대는 말들에 대해 왠지 꼭 설명해야만 할 듯했다.

"현정아! 그게 그러니까……."

내가 해야 할 말을 고르는데 옆에 앉아 있던 우진이 내 어깨를 두드렸다.

"미애다, 미애! 역시 여신이야! 이태양! 너 진짜 좋겠다! 저렇게 예쁜 애가 널 좋아하다니!"

우진이 내 어깨를 흔들며 무대 위의 미애를 가리켰다. 미애는 짧은 청치마에 흰색 티셔츠를 입고 있었다. 특별히 신경 쓴 차림은 아니었다. 눈에 띨 만한 장식이라면 왼쪽 팔목에 찬 팔찌 정도? 그마저도 하늘색의 줄로 엮어 만든 실 팔찌라 화려함과는 거리가 멀었다. 그런데도 미애가 무대 위에 오르자 미애 주변에만 환한 조명이 켜진 듯했다. 우진의 말을 들었는지, 무대 위 미애가 반짝반짝 빛이 나는 눈으로 나를 쳐다보며 팔을 흔들었다. 팔목을 감싼 팔찌의 하늘빛이 더없이 선명해 보일 정도로 미애의 팔목은 희고 가늘었다.

순간, 현정이 고개를 돌려버렸다. 무대 위의 미애를 올려다보는 현정이 표정이 이상할 정도로 심각했다.

혹시 둘이 싸우기라도 한 걸까? 아니면 내가 뭐 잘못했나? 미애가 나한테 고백해서? 미애가 나한테 고백한 걸 내가 말 안 해서? 그런데 나, 지금 윤현정 눈치 보는 거? 대체 왜?

생각해 보니 내가 현정이 눈치를 볼 이유 따위 없었다. 3월에 현정이랑 짝이 돼서 옆자리에 앉다 보니 친한 건 맞다. 같은 모둠일 때가 많아 수행평가도 여러 번 같이 했다. 우리 반 여자애들 중에서 누구와 가장 친하냐고 묻는다면, 당연히 현정이다.

그래도 그렇지! 미애한테 고백 받은 얘기까지 내가 현정이한테 전부 털어놔야 해? 내가 왜?

그럴 이유가 전혀 없었다. 그런데도 나는 영웅이를 비롯해 몇몇 남자애들이 미애와 내 얘기를 할 때마다 이상하게도 현정이가 신경 쓰였다. 그 바람에 황영웅 간식을 누가 준비했는지 확인하지 못했다. 결국 대본 리딩 연습이 끝나자마자 매점에 뛰어가 황영웅 빵을 사와야 했다.

"이 연출! 우리 이 연출! 혹시 빵 하나 더 없습니까요?"

영웅이 입술에 묻은 크림을 핥으며 연출을 불러 댔다. 연출이 무슨 빵 심부름하는 역할인 줄 아는 황영웅! 정말이지 얄미운 황영웅!

"이 연출! 우리 이 연출! 혹시 콜라는 없습니까요? 남자 주인공이 빵 먹다 목 막혀서 체하면 연출 책임 아닌가요?"

나는 빵 사오랴, 뒷정리하랴 집에도 못 가고 남아 있는데, 빵 타령에 이제는 콜라 타령까지 해 대는 저 뻔뻔한 황영웅!

한 대 때려?

말끝마다 이 연출! 이 연출! 하며 빵 심부름에 온갖 심부름을 다 시켜 대는 황영웅을 때릴까 말까 갈등하는데 어디선가 까르르 경쾌한 웃음소리가 들려왔다.

"아직 안 끝났어?"

미애였다. 나는 어쩐지 미애와 눈을 마주치기가 힘들었다. 어어, 하며 문장으로 말을 끝맺지도 못한 채 고개만 끄덕였다. 나와 달리 미애는 평소처럼 아무렇지 않게 내게 말을 걸어왔다. 무대에 걸터앉아 오늘 선생님도 안 계시는데 태양이 네가 연출하느라 많이 힘들었겠다, 연습 첫날이라서 그런지 아직 대사가 입에 달라붙지 않아서 걱정이다, 같은 말들을 했다. 내게 말을 건네는 미애의 표정이라든가 몸짓 같은 것들이 너무 자연스러워서 내게는 며칠 전 방학식 날 있었던 일들이 거짓말처럼 느껴지기만 했다.

좋아해.

라고 말하며 내 교복 소매를 붙잡았던 미애의 표정이
어땠는지, 도무지 기억이 나지 않았다. 1학년 1학기 마
지막 날, 이제 막 여름방학이 시작되려 하는 순간에 미애
는 교실을 빠져나가는 나를 불러 세웠다. 그 순간에 미애
는 고개를 숙인 채 내 교복 소매 끝을 붙잡았고, 나는 미
애가 붙잡고 있는 내 교복 소매 끝만 내려다봤다. 꽤 오
랜 시간이 흐른 듯 느껴졌지만 어쩌면 어어, 하며 맥 빠
진 숨을 내쉴 정도의 짧은 순간이었는지도 모르겠다.

정말 그런 일이 있기는 있었던 걸까?

평상시와 다름없는 미애를 보며 방학식 날의 일은 어
쩌면 나의 착각이거나 환각 같은 것이었을 지도 모른다
고 생각할 즈음, 미애가 내 팔을 잡아끌었다. 며칠 전 내
교복 소매 끝을 잡으며 좋아한다고 고백했을 때처럼.

"잠깐 나 좀 봐."

미애는 무대에서 멀리 떨어진 문 쪽으로 나를 데려갔
다. 등이 따가울 정도로 아이들의 시선이 느껴졌다. 하지

만 미애의 팔을 뿌리치지는 못했다.

"이거! 연극 공연하는 날까지 태양이 네가 하고 있다가 내 팔에 다시 채워 줘!"

미애가 내 왼팔에 얇은 실로 엮어 만든 팔찌를 묶었다. 무대 위에서 나를 보며 팔을 흔들 때 미애의 희고 가는 팔목을 감싸고 있던 바로 그 하늘빛 실 팔찌였다.

"이걸 왜……."

받을 수 없다는 말을 하기도 전에 미애는 "우리 학교 전설이잖아!"라는 수수께끼 같은 말을 남기고는 그대로 사라져 버렸다.

"이태양 너! 아니, 아니 이제는 연출님이지! 이 연출님! 이제 진짜 우리 학교 최고 미녀랑 사귀시는 겁니까?"

미애가 사라진 자리로 곧장 황영웅이 달려왔다. 미애가 잡았던 내 팔을 이제는 황영웅이 잡더니 공중으로 번쩍 들어 올렸다. 내 왼쪽 팔목에 매달려 있는 실 팔찌를 가리키며 남아 있는 스텝들을 향해 외쳤다.

"이태양은 미애 거다!"

제3장 나도 고백할 거야!

"그만! 그 입 다물어랏!"

당황했더니 나도 모르게 또 담임선생님 말투로 말하고 있었다.

나, 이러다 나중에는 '청춘'이란 단어 같은 것들도 아무렇지 않게 막 내뱉고 그러는 거 아냐?

"에잇! 진짜! 그만 좀 하라고. 그런 거 아니라고!"

나는 영웅이 손에서 내 팔을 잡아 뺐다.

"그런 게 아니긴 뭐가 아냐! 미애가 학교 전설까지 들먹였잖아?"

어느새 옆으로 다가온 우진이 팔찌를 가리켰다.

"학교 전설? 그런 게 진짜 있었어?"

내가 묻자 우진은 너 정말 나무중학교 학생 맞냐는 핀 잔을 시작으로 우리 학교에 전해져 내려오는 전설에 대 해 설명했다.

"나무중학교 축제 아니랄까 봐 그 이름도 뿌리제인 우 리 학교 축제에 대대로 내려오는 전설이 있지. 전설 하 나! 축제 때 공연되는 연극이 시작되기 전까지 출연 배 우의 소품을 사랑하는 사람이 지니고 있다가 공연 때 돌 려주면 그 배우는 최고의 연기를 한다는 거야. 사랑하는 사람의 멋진 연기를 기원하며 그 사람의 소품을 소중히 간직하는 마음! 배우는 그런 소중한 마음을 품고 무대 위에 올라가는 거지. 그럼 당연히 멋진 연기를 펼치지 않 을까? 이태양! 너, 미애가 준 그 팔찌, 공연 전까지 소중 히 간직해라. 미애가 다른 사람도 아니고 너한테 이 팔찌 를 준 이유가 뭐겠냐. 이태양 네 마음을 품고 무대에 올 라가겠다는 거잖아."

우진은 미애가 준 팔찌를 만지작거렸다. 나도 모르게 우진의 손을 뿌리쳤다.

"와! 이태양! 아무것도 아니라면서 만지지도 못하게 하는 거냐?"

"내 게 아니니까 그렇지! 이 팔찌 이거 실로 만든 거라 세게 잡아당기면 끊어진다고!"

"오! 그러니까 만지기도 아까울 만큼 소중하다는 뜻이냐?"

영웅도 킬킬거리며 부러 미애가 준 팔찌를 툭툭 건드렸다. 나는 그런 거 아니라는 말을 되풀이하며 왼손을 허리 뒤로 감췄다. 혹시라도 잘못해서 미애가 준 실 팔찌가 끊어지면 안 되니까. 내 마음과 상관없이 미애에게 돌려줄 때까지는 망가뜨리고 싶지 않았다.

"그래, 그렇게 소중히 간직해야지! 다른 애도 아니고 우리 학교 최고 미녀가 준 팔찌인데."

우진은 계속해서 나를 놀려 대며 나무중학교 전설에 대한 얘기를 이어 갔다.

"전설 둘! 뿌리제에서 공연되는 연극에서 주인공 역할을 맡은 남녀는 공연 후 반드시 커플이 된다! 남자 친구나 여자 친구가 없던 애들도 공연 때 남녀 주인공을 맡으면 그 둘이 반드시 커플이 됐대."

"미친! 말도 안 돼! 그럼 내가 봉화랑 커플이 된단 말이냐! 거짓말이지?"

영웅이 우진의 멱살을 잡았다. 그따위 전설이 사실일 리가 없다면서 우진의 대답을 강요했다.

"진짜라고! 우리 형이랑 누나 모두 나무중학교 졸업했잖아! 우리 형이랑 누나 말로는 남주랑 여주랑 반드시 커플이 됐다고 했어. 두 사람 모두 사귀는 사람이 없으면 말이야. 싱글인 남녀 주인공은 연극 끝난 뒤엔 다들 커플이 됐다는데? 내 말 못 믿겠으면 네가 직접 알아보면 되잖아. 작년 연극 주인공 했던 선배들이 커플이 됐는지 안됐는지!"

우진이 영웅의 손을 뿌리치며 가쁜 숨을 내쉬었다.

영웅은 파랗게 질린 채로 제 얼굴을 감싸 쥐고는 "안

돼!"를 외쳤다.

"말도 안 돼! 봉화랑 커플이 되다니! 그럼 내 사랑 명
랑이는?"

영웅의 입에서 뜻밖의 이름이 튀어나왔다.

"명랑이?"

"너 설마 명랑이를?"

우진과 나는 깜짝 놀라 영웅을 쳐다봤다.

영웅이 제 손으로 제 입을 틀어막았다.

"설마…… 내가 말했어? 내가 진짜 내 입으로 말한 거
냐? 야! 윤현정 너도 들었냐? 정말 듣고만 거냐!"

영웅이 울부짖었다. 물의 정령 온딘의 저주에 오열하
는 로렌스처럼 머리카락을 마구 헝클어뜨리며 울부짖었
다.

"명랑이? 헐!"

현정도 놀라 벌어진 입을 다물지 못한 채 영웅이한테
바짝 다가섰다. 우리 셋은 호기심으로 두 눈을 빛내며 영
웅을 바라봤다.

"그런 거였어? 명랑이었어? 황영웅이?"

우진은 무슨 대단한 발견이라도 한 것처럼 신이나 있었다.

"쉿! 쉿! 이거 진짜 비밀이야. 명랑이 귀에 들어가면 안 된다고! 아직 고백도 못 했는데……."

영웅이 어울리지도 않게 몸을 베베 꼬았다. 얼굴을 붉히며 부끄러워하는 황영웅이라니!

그래, 그렇단 말이지!

나는 내가 당한 것만큼 골려줘야겠다고 작정했다. 나는 현정이와 우진이의 손을 꽉 잡았다. 셋이 함께 황영웅을 에워쌌다.

"황영웅! 네가 진짜 명랑이를 좋아한다고? 왜?"

"영웅아! 언제부터 좋아했는데?"

"명랑이 뭐에 반한 거?"

"명랑이랑 얘기는 해 봤고?"

"명랑이도 네가 자기 좋아하는 거 알아?"

우리 셋은 누가 먼저랄 것도 없이 질문을 퍼부었다. 황영웅은 오늘 낮의 내가 당했던 것처럼 쏟아지는 질문 세례에 하얗게 질려 가고 있었다.

"그만! 한 사람씩 물어보라고!"

영웅은 내가 질문 세례에 시달렸을 때 그랬던 것처럼 두 귀를 막은 채 그만하라고 소리쳤다. 우리 반에서 키도 제일 크고 덩치도 제일 좋은 녀석이 어쩔 줄 몰라 하는 모습이 꽤 재미있었다. 머릿속에 급식이라든가 빵이라든가 먹을 것만 들어있는 줄 알았던 무신경한 녀석이 얼굴을 붉히며 당황해하는 꼴이라니! 좀 더 골려 주고 싶어졌다. 우리 반 아이들이 미애와 나의 일에 왜 그렇게 관심을 보이는지 알 것도 같았다. 세상에서 제일 재미있는 일이 남의 집 불구경이라는 말이 있다. 문득, 어쩌면 지금 우리한테는 세상에서 제일 재미있는 일이 남의 연애 얘기가 아닐까, 라는 생각이 들었다.

영웅이 녀석을 좀 더 골려 줘야겠다고 생각하는데 현정이가 내 손을 놓으며 머리를 긁적거렸다.

"아, 미안~~~ 놀리려는 건 아니야. 영웅이 네가 명랑이를 좋아한다니까 너무 놀라서 그만……. 정말 궁금해서 그래. 진짜 명랑이 좋아하는 거야?"

현정이 진지하게 물었다.

"응. 반했어."

영웅도 진지하게 대답했다.

나는 영웅이 말이 믿기지 않아서 두 눈을 가늘게 뜨고 영웅의 얼굴을 살폈다.

반했다, 라는 말을 어떻게 저런 표정으로, 그러니까 잔뜩 화난 사람 같은 얼굴로 할 수 있는 거냐?

"그날! 그 순간! 내 심장에 금이 가는 줄 알았다고!"

영웅은 이번에도 역시 평소 원한을 품고 있던 놈한테 복수하러 가겠다는 말을 할 때나 지을 법한 표정으로 말했다. 두 주먹 불끈 쥔 채 당장 싸우러 갈 것 같은 표정으로 사랑 고백이라니!

황영웅의 입에서 '반했다'라든가 '심장' 같은 단어들이 그냥 막 튀어나오는 걸 보고 있자니, 내 머릿속에도 '첫사랑' 같은 단어들이 아무렇지 않게 떠올라서 나는 질색을 하고 말았다.

"심장에 금이 갔다고? 어쩜 좋아! 너무 로맨틱하다~."

현정이 구름 위를 걷는 듯한 표정으로 감탄사를 흩뿌렸다.

"그날? 그 순간? 그게 언젠데?"

우진은 당장이라도 황영웅을 잡아먹을 듯한 표정으로 물었다.

"명랑이가 내 앞에서 코 풀었을 때."

응? 뭐라고? 혹시 내가 잘못 들은 거 아니지?

나는 이어진 영웅의 말이 믿기지 않아 귀까지 후벼 팠다.

"현정이랑 태양이 너도 그날 봤잖아. 우리 〈꿈 찾아주기 수행평가〉할 때 명랑이는 꿈이 확실하니까 명랑이 꿈 먼저 이뤄 주자고 했잖아. 우리가 명랑이 대신 백일장 신청했는데 명랑이가 안 나타났던 날, 명랑이가 울면서 그랬잖아. 실은 상 하나 못 받을까 봐 무서워서 그랬다고. 내가 그때 '나무중학교 최고 인기 작가 이명랑'이라고 쓴 현수막을 명랑이 눈앞에 대고 쫙 펼쳤거든. 그랬더니 명랑이가 갑자기 그러더라. 코 좀 풀어도 되냐고. 와! 나, 진짜 그렇게 시원하게 코 푸는 여자애는 처음 봤어. 진짜 터프하게 풀더라니까!"

영웅은 다시 생각해도 가슴 설렌다는 표정으로 그날의 명랑이를, 그러니까 코 풀던 명랑이를 떠올리고 있었다. 나는 그런 황영웅을 쳐다보며 그날의 황영웅을 떠올렸다.

그랬다. 그날, 명랑이가 정자가 뒤흔들릴 만큼 세게 코를 풀었을 때 황영웅은 입을 진짜 크게 벌린 채 넋이 나간 듯 명랑이를 바라보고 있었다. 그때는 황영웅이 놀라서 그런 줄 알았는데 그게 아니었던 거다. 그 순간 황영웅은 명랑이한테 반했던 거다. 그래서 벌어진 입을 다물지 못했던 거였다.

"진짜? 코 푸는 모습에 반했다고?"

우진이 우웩, 하며 영웅의 어깨를 두드렸다. 정말 믿을 수 없다는 표정이었다.

"우진이 너도 그때 명랑이를 봤으면 반하고 말았을 거야. 그 카리스마! 그 자신감! 어우!!! 난 왜 그때 생각만 하면 지금도 이렇게 가슴이 두근거리냐? 나 진짜 어쩌면 좋냐고!"

영웅은 견딜 수 없다는 표정으로 제 가슴을 끌어안고는 온몸을 흔들어 댔다.

정말이지 나로서는 도저히 따라갈 수 없는 사고의 흐름이다, 라고 생각하며 혀를 내둘렀다. 그 순간 영웅이 오른팔을 위로 번쩍 들어 올렸다.

"나도 고백할 거야!"

영웅은 지금 당장 어떤 녀석을 두들겨 패 주러 갈 것처럼 두 주먹을 불끈 쥐었다. 이글이글 불타오르는 눈빛으로 우리를 노려봤다. 그리고는 마주 보기 괴로울 정도의 강력한 눈빛으로 우리를 쳐다보며 도와 달라고 했다.

"얘들아! 제발 나 좀 도와 줘! 진짜 모르겠어. 고백하고 싶은데 어떡해야 되는 거냐?"

영웅의 말투는 비장하기까지 했다.

"무턱대고 고백하겠다고?"

우진은 뭐가 못마땅한지 입을 삐죽거렸다.

"고백을 해야 명랑이가 내 맘을 알 거 아냐."

영웅의 미간이 일그러졌다.

"야! 네 맘을 알리는 게 목적이 아니잖아. 고백 왜 하는데?"

우진이 정곡을 찔렀다.

"그, 그거야 명랑이랑 사귀고 싶으니까 그렇지!"

영웅이 답답하다는 듯 소리쳤다.

"그래! 바로 그거야! 네 고백으로 명랑이와 사귀게 되어야지."

우진의 얼굴에서는 이제 웃음기라고는 찾아볼 수 없었다.

"진짜? 뭐 좋은 방법이라도 있는 거야?"

영웅이 절박한 시선으로 우진의 입을 바라봤고, 우진은 어렵게 입을 뗐다.

"지금부터…… 함께…… 생각해 보자!"

순간 잔뜩 긴장했던 공기가 펑 터져 버렸다. 모두 일제히 웃음을 터트렸다.

그렇게 한참 웃고 난 뒤, 우리는 얼떨결에 '황영웅 고백대작전' 회의를 하게 되었다.

"깜짝 놀랄만한 선물과 함께 이벤트를 준비하면 어때?"

"휴대폰으로 문자 보내서 고백하는 건 진짜 별로야. 직접 만나서 고백하는 편이 훨씬 더 진심이 느껴질 것 같아."

"가장 중요한 건 좋아하는 마음이 상대방에게 전해져야 하는 거 아닐까?"

이런저런 얘기가 오고 갔지만 어쩐지 해답을 찾기보다는 점점 더 미궁에 빠지는 느낌이었다. 왜냐하면 명랑이가 어떤 걸 좋아하고 싫어하는지, 취미는 무엇이고 어떤 것에 관심 있는지 등등, 영웅은 명랑이에 대해 아는 게 없었다. 글 쓰는 걸 좋아하고 작가가 되고 싶어 한다는 것 정도만 알고 있었다. 명랑이를 좋아한다면서 정작 우리와 다를 게 하나도 없었다.

"그러네. 좋아한다면서 명랑이가 무슨 빵을 좋아하는지도 모르고 있었어."

영웅의 눈매가 축 늘어졌다.

"괜찮아! 아직 고백 안 했잖아! 이제부터 명랑이가 뭘 좋아하는지 알아봐!"

"그래! 우진이 말이 맞아. 어떻게 고백할 건지는 영웅이 네가 명랑이가 뭘 좋아하는지 알아 온 다음에 같이 생각해 보자."

"황영웅! 넌 할 수 있어. 넌 우리 반 최고 미남이잖아!"

풀 죽은 영웅의 모습이 나한테만 충격은 아니었는지, 우진이도 현정이도 어떻게든 영웅을 북돋워 주려고 애썼다. 우리들의 마음이 전해졌는지, 영웅은 다 먹고 텅 비어있는 빵 봉투를 꽉 움켜쥐며 다시 한번 각오를 다졌다.

"반드시 알아 오겠다! 명랑이가 뭘 좋아하는지. 일단 은 빵부터!"

제4장 너도? 나도!

영웅이 의욕을 내보이며 뛰쳐나가고 우진도 보충 수업 때문에 학원에 갔다. 시청각실 창문 너머로 어스름이 내려앉고 있었다. 어두워져 가는 저녁 하늘 때문인지 현정이와 나, 둘만 남은 시청각실의 분위기는 무겁게 가라앉았다. 이유는 알 수 없지만 내가 먼저 무슨 말이든 시작해야만 할 것 같았다.

"저기…… 여기 정리 먼저하고 의상이랑 소품 얘기 좀 할까?"

나는 어렵게 말문을 열었다. 그런데 왜 하필이면 왼팔

을 들어 올렸는지……. 현정의 시선이 내 왼쪽 팔목에 매달려 있는 하늘색 실 팔찌에 고정됐다.

"이, 이거? 미애가 주긴 했는데 그게…… 애들이 말한 것처럼 그렇게 심오한 뜻이 있는 건 아닐 거야……."

나는 얼버무리며 왼팔을 허리 뒤로 감췄다.

"뭐래? 네가 누구한테 팔찌를 받았든 말든 관심 없거든! 넌 빨리 무대 위나 치워. 난 필요한 의상이랑 소품 목록 좀 정리해 볼게."

현정은 곧장 내 말을 자르고는 휴대폰을 꺼냈다. 무얼 검색하는지 내 쪽으로는 눈길도 주지 않았다. 너랑 더 길게 얘기하고 싶지 않아, 라는 말을 들은 것처럼 뻘쭘해졌다.

할 수 없이 나 혼자 무대를 오르내리며 뒷정리를 했다. 아이들이 잊어버리고 놓고 간 대본이나 볼펜 같은 것들을 소품 상자에 담아 무대 뒤쪽에 쌓자 뒷정리도 끝났다.

이제 어쩐다?

나는 뒷정리를 다 끝내고도 현정이에게 쉽게 말을 붙

이지 못했다. 여전히 휴대폰 화면에만 시선을 고정하고 있는 현정이가 멀게만 느껴졌다. '네가 누구한테 팔찌를 받았든 말든 관심 없거든!' 현정이 했던 말이 떠올라 말 걸기가 더 쉽지 않았다. 어쩔 수 없이 나는 뒷정리가 끝나고도 한참이나 시청각실 한쪽에 우두커니 서 있어야 했다.

"이런 거 어떨까?"

현정이 휴대폰 화면에서 고개를 들었다. 손으로 옆자리를 가리켰다. 나는 얼른 현정이 옆자리에 가서 앉았다.

"예산에 한계가 있잖아. 온딘이 사는 숲속 오두막이라든가 로렌스가 다른 여자와 결혼하게 되는 결혼식장 같은 곳들은 슬라이드 화면으로 처리하면 좋을 것 같아. 무대 배경은 가능한 슬라이드 화면으로 띄우자. 그러면 배경에는 돈을 안 쓰면서 효과는 충분히 낼 수 있을 것 같아. 이것 봐. 이 사이트에 무료로 쓸 수 있는 사진들이 꽤 많아."

현정이 내 쪽으로 상체를 기울이며 휴대폰 화면을 가

까이 끌어당겼다. 그저 연극에 대한 이야기를 본격적으로 하기 위한 행동이었을 뿐이다. 그런데도 나는 마치 현정이에게서 이제는 나한테 조금 가까이 다가와도 좋아, 라는 말을 들은 것만 같았다. 갑자기 시청각실이 환해진 듯했다.

"진짜 좋은 생각인데? 윤현정, 너 왜 갑자기 똑똑해진 거냐?"

내가 듣기에도 내 목소리는 한껏 들떠 있었다.

"뭐래? 나 원래 똑똑했거든."

나를 흘겨보며 삐진 척 했지만 현정이 입매가 부드러워졌다.

"알았어. 이제부터 윤천재라고 불러 주마. 진짜 네 말대로 슬라이드 화면으로 배경 처리를 하면 어떤 장소든 다양하게 표현할 수 있겠다. 장면 바뀔 때마다 슬라이드 화면으로 분위기 변화도 줄 수 있고 진짜 최고!"

"그럼 태양이 네가 이번 연극에 필요한 배경들을 숲속 오두막, 마을 축제, 온딘과 로렌스가 함께 살던 집, 뭐 이런 식으로 정리해 올래? 장소 목록이 정리되면 그 뒤에 배경으로 쓸 사진들을 같이 찾아보자. 내일까지 가능?"

"누구 명령이라고 따르지 않겠습니까? 이 연출, 밤을 새워서라도 내일까지 장소 목록을 정리해 오겠습니닷!"

내가 과장되게 허리까지 숙여 가며 굽신거리자 현정이 픕, 웃음을 토해냈다. 현정이가 뿜어낸 웃음소리에 내 안에 고여있던, 나로서는 이유를 설명할 수 없는 어떤 묵직한 불편함 같은 것들도 한순간에 공기 속으로 흩어져 버렸다.

마음속 한 편에 어두운 그림자처럼 드리워져 있던 불편한 마음이 사라지자 비로소 나는 현정이와의 대화에 집중할 수 있었다. 무대 배경을 슬라이드 화면으로 처리하자는 것에서부터 출발해 온딘이 살았던 시대의 사람들이 입었을 법한 의상은 어떻게 재현해야 할지, 가능한 예산 내에서 어떻게 하면 그럴듯한 소품들을 만들어 낼 수 있을지, 연극에 대한 이야기를 하는 내내 우리는 마음껏 의견을 주고받았다.

"어떡해! 벌써 아홉 시야!"

현정이 깜짝 놀라 창밖을 쳐다봤다. 시청각실 창문 밖으로 깜깜한 밤하늘이 보였다.

"진짜네? 언제 이렇게 시간이 갔냐?"

놀라긴 나도 마찬가지였다. 시간이 너무 빨리 지나가버렸다. 주고받는 이야기가 너무 재미있어서 나도 모르게 집중해버렸다. 어쩌면 PC방에서 남자애들과 게임을 했을 때보다 더.

"가방 챙겨! 수위 아저씨한테 혼나겠다. 빨리 나가자."

"잠깐만. 엄마한테 전화 먼저 하고. 걱정하실 것 같아."

현정이 서두르는 나를 불러 세웠다. 내 손을 붙잡았다. 엄마와 통화를 해야 하니까, 잠시만 기다려 달라는 뜻으로 내 손을 잡았을 뿐이다. 그냥 그뿐이다. 그런데도 나는 내 손 위에 올려진 현정이 손에서 눈을 뗄 수 없었다. 작고…… 하얗고…… 가지런한 손톱……. 현정이 손을 보고 있으려니 어쩐지 간질간질한 느낌이 들었다. 화끈, 얼굴에서 열감이 느껴져서 나는 후다닥 천장으로 시선을 돌렸다.

"알겠어요. 좀 돌아가더라도 큰길로 갈게요. 네, 걱정
마세요."

현정이가 내 손을 잡은 채로 시청각실 문을 향해 빠르
게 걷기 시작했다. 마음이 급해서인지 아마도 내 손을 잡
고 있다는 것조차 의식하지 못하는 듯했다.

"수위 아저씨다! 빨리 뛰어!"

시청각실에서 빠져나오고 나서야 현정이 내 손을 놓
았다. 곧장 복도를 내달리기 시작했다.

"이 녀석들, 조심해라!"

문을 닫으러 온 수위 아저씨의 잔소리를 들으며 우리
는 숨이 차오를 때까지 달려나갔다. 복도 끝 저 문밖으로
보이는 눈부시게 까만 여름밤이 우리를 향해 빨리 나오
라며 손짓하고 있는 듯했으니까.

교문을 빠져나온 현정이 상체를 숙인 채 두 손으로 무
릎을 누르며 헉헉 가쁜 숨을 토해냈다. 그 옆에서 나도
가쁜 숨을 토해냈다.

후우~ 후~ 후우~ 후

"그럼 가 볼까?"

현정이 다시 걸음을 옮길 때까지 나는 가만히 우리들의 숨소리를 듣고 있었다. 무더운 여름 공기 속으로 현정이와 나의 숨소리가 섞여 들어가며 만들어 내는 소리가 무척이나 신기했기 때문이다.

"뭐해?"

현정이 뒤돌아봤다. 가로등을 등지고 선 현정의 두 눈은 여름밤을 닮아 있었다. 그 중심에 나를 담은 여름밤을 향해 나는 빠르게 걸어갔다.

"라지마이너스에서 휴대폰 구경을 하고 나와서 99뼈 해장국을 먹고 올바른 치킨을 포장해서…… 프레쉬망고에 들러 호로롱 한 잔 마시고……."

앞쪽에서 현정이 말소리가 들려왔다. 현정이를 따라잡으려고 내가 걸음을 재게 놀리는 동안에도 현정이의 흥얼거리는 소리는 계속해서 들려왔다.

"뭐냐? 랩이냐?"

"아, 미안. 나도 모르게 또 버릇이 나와 버렸네."

"버릇?"

"응. 혼자 걸을 땐 눈에 띄는 간판 보면서 그냥 아무 문장이나 되는 대로 만들면서 흥얼거려. 초등학교 때는 혼자 학원 가는 길이 너무 심심해서 시작했는데 이젠 버릇이 되어 버렸어. 좀 웃기지?"

현정이 멋쩍어 하며 발끝을 내려다봤다.

"아니. 전혀 안 웃겨. 실은 나도 너처럼 남들한테 말하기 좀 그런 버릇 있어. 나도 혼자 걸을 때 심심해서 하게 된 건데……."

"진짜? 너도?"

현정이 두 눈을 빛내며 나를 바라봤다.

"응. 나도! 한 번 해 볼래?"

나는 현정이 손을 잡았다. 옆에 나란히 서서 보도블록을 가리켰다.

"잘 봐. 보도블록을 한 칸 띄어서 걷는 거야. 이렇게."

나는 현정의 손을 붙잡은 손에 힘을 주며 오른발을 길

게 내뻗었다. 내 옆에서 현정이도 오른발을 길게 뻗었다.

"이렇게?"

"오! 완전 잘하는데?"

내 칭찬에 현정이는 강아지처럼 방방 뛰었다. 꽤 재미있는지 나보다 더 빨리 걷기 시작하더니 나중에는 나를 제치고 훨씬 앞서 나갔다. 나는 "절대로 지지 않겠다" 소리치며 힘차게 다리를 앞으로 뻗었다.

현정이가 앞서고 내가 뒤따라가고, 내가 앞서고 현정이가 뒤따라오고. 앞서거니 뒤서거니 하다 보니, 한 칸 떼기에서 시작된 보도블록 뛰어넘기가 어느새 두 칸 떼기에서 세 칸 떼기까지 늘어나 있었다. 우리는 우스꽝스러울 만큼 다리를 크게 벌렸다 내려놓으며, 머리 위의 간판들을 올려다봤다. 눈앞에 이어진 수많은 간판들을 올려다보며 노래 아닌 노래를 랩하듯 흥얼거렸다.

"도시락은 돌솥이 최고!"

"이 아플 땐 서울 치과!"

"병원 갔다 나오면 약국은 필수! 좋은 약국에서 좋은

약을 먹고?"

"아이스크림은 베리베리라도 절대 안 돼!"

말도 안 되는 말들이 우리 입에서 터져 나와 여름 밤하늘에 메아리쳤다. 다리를 재게 놀리며 입안에서 말들을 흥얼거리며 우리는 걷고, 낄낄거렸다. 걸으며 간판으로 문장 만들기 놀이에 열중해 있는 현정이는 보기 좋았다. 현정이와 걷는 내내 이 시간이 좀 더 이어졌으면 좋겠다, 는 생각을 계속했다. 어쩌면 이 순간 현정이 얼굴이 너무 즐거워 보였기 때문인지도 모르겠다. 지금처럼 환하게 웃는 현정이 얼굴을 옆에서 계속 볼 수 있다면 보도블록이 끝난 자리에 계속해서 새로운 보도블록을 이어붙일 수도 있을 것 같았다.

"편의점이다!"

현정이 갑자기 편의점 안으로 뛰어 들어갔다. 따라 들어갔더니, 현정이가 벌써 막대사탕 몇 개를 계산하고 있었다.

"콜라 맛?"

현정이 내 입에 쏙, 넣어준 막대사탕은 콜라 맛이었다.

"응. 난 막대사탕은 콜라 맛만 먹지롱. 우리 엄마가 탄산음료 절대 못 먹게 하시거든. 엄마 몰래 콜라 대신 먹는 이 맛! 어때? 몰래 먹는 콜라 맛 사탕 맛이?"

현정이는 막대사탕을 열심히 빨며 내게 물었다.

솔직히 엄마 몰래 먹는 콜라 맛 막대사탕 맛은…… 나는 모른다. 내가 아는 건 현정이 내 입에 처음으로 넣어준 막대사탕 맛뿐이었다. 그 맛은…… 콜라보다 몇 배 더 달콤했다.

"죽이는데?"

달콤하다는 단어를 입에 올리는 건 어쩐지 멋쩍어서 죽인다는 말로 바꿔 대답해 버렸다. 편의점을 빠져나오는데 현정이 계산대 앞에 진열되어 있는 보석 반지 사탕 앞에서 멈춰 섰다.

"난 있지, 남자 친구 사귀게 되면 이걸로 커플링 할 거야. 크. 너무 귀엽겠지?"

현정이 탁구공만 한 크기의 보석 반지 사탕 하나를 손

에 끼며 키득거렸다.

설마 정말로? 내가 고개를 갸웃거리자 현정이 응응, 하며 고개를 끄덕였다.

"응, 정말. 난, 남들 보기에는 우스운 짓도 나랑 같이 해 줄 수 있는 남자가 이상형이야. 둘이 같이 이런저런 우스운 짓을 많이, 자주 하고 싶거든."

보석 반지 사탕을 들여다보며 키득거리는 현정이 모습은 그 어느 때보다도 즐거워 보였다.

현정이는 즐거울 땐 저런 표정으로 웃는구나.

그 순간의 현정이 얼굴이 너무 예뻐서 사진첩에 숨겨 두고 나만 몰래 들여다보고 싶다는 생각이 들었다. 내가 그런 생각을 하고 있는데 현정이 내 옆구리를 쿡 찔렀다.

"태양아! 전화 좀 받아! 아까부터 계속 울리는데?"

현정이 내 바지 주머니를 가리켰다.

"누구지?"

나는 서둘러 바지 주머니에 넣어뒀던 휴대폰을 꺼냈다. 진동으로 해놓은 휴대폰의 떨림이 묵직하게 전해져

당황해하는 것 같았다. 해서는 안 될 일을 하다 들킨 사람 같기도 했다.

대체 왜? 미애가 나한테 전화를 했는데 왜 현정이가 도망치듯 가 버린 거지?

미애한테서 전화가 오기 전까지만 해도 같이 즐겁게 웃고 얘기했잖아? 그런데 그렇게 갑자기 분위기가 변해 버린다고? 아무리 생각해도 어젯밤 현정이 행동은 내 머리로는 도저히 풀 수 없는 수수께끼였다.

"몰라, 몰라, 몰라!"

나는 세차게 머리를 내저었다. 그런데도 어쩌면 현정이가 오지 않을지도 모른다는 불안감을 머릿속에서 떨쳐낼 수 없었다.

"야! 길거리에서 뭐 하는 거야? 혹시 헤드뱅잉? 너, 무슨 공연해?"

머릿속에 꽉 들어차 있던 현정이 얼굴이 갑자기 현실로 튀어나왔다. 나는 깜짝 놀라 어어, 하며 뒤로 훌쩍 물러섰다.

"넘어질 뻔했잖아! 갑자기 얼굴을 들이밀면 어떡하냐?"

"뭐래? 아까 저쪽에서부터 너 보고 손 흔들었는데. 대체 무슨 생각 하고 있었어? 사람 오는 줄도 모르고. 칫."

현정이 눈을 흘기며 입술을 삐죽거렸다.

뭐야? 윤현정이 이런 귀여운 표정을? 뭐? 이태양 너, 지금 윤현정이 귀엽다고 생각한 거냐? 말도 안 돼!

갑자기 머릿속에 떠오른 생각 때문에 얼굴이 후끈 달아올랐다.

"알 거 없고 빨리 가기나 하자. 오늘 의상이랑 무대 소품까지 다 사야지. 서두르라니까!"

나는 홱 고개를 돌려 앞장섰다.

"야! 천천히 가! 같이 가자!"

뒤에서 들려오는 현정이 목소리가 경쾌했다. 그러니까 괜한 걱정이었다.

"이태양! 너 진짜 속도 안 줄여? 자꾸 그러면 블루윙으로 네 하이패션을 깔아뭉개 버린다?"

블루윙? 하이패션?

이게 다 무슨 말이지, 의아해하며 뒤를 돌아다봤다. 현정이보다도 먼저 블루윙과 하이패션이라는 간판이 눈에 들어왔다.

그러니까 어젯밤처럼 또 간판으로 문장 만들기를 해보자 이거냐?

나는 피식 웃으며 현정이 옆에 가서 섰다. 랩 하듯 흥얼거리며 어깨를 흔들었다.

"닥터레드에 의사는 없고 빅사이즈 옷들만 잔뜩!"

현정이가 피식 웃으며 주먹으로 내 어깨를 툭 쳤다.

"어쭈? 이태양 좀 하는데? 리본키즈에 리본 묶은 아이들은 없고 땡땡이 원피스만 가득!"

"블랙앤화이트가 로즈를 만나면 좋은 날 분식?"

"좋은 날 분식에서 김밥을 먹으면 럭키 찬스!"

우리는 함께 보조를 맞춰 걸으며 동대문 시장을 가득 메운 간판들로 말도 안 되는 문장들을 마구 만들어 댔다. 누가 먼저랄 것도 없이 킬킬거렸고, 어깨를 흔들어 댔고,

눈에 띄는 옷이나 천이 있으면 앞다퉈 가게 안으로 달려
갔다.

"태양아! 이거 어때?"

천 가게로 뛰어 들어간 현정이 하얀색 천을 손바닥 위
에 올려놓으며 물었다.

"이 천으로 뭘 할 생각인데?"

내가 묻자 현정의 눈이 빛나기 시작했다.

"난 이거 보자마자 느낌이 팍 왔는데? 태양이 넌 뭐 떠
오르는 거 없어?"

현정이가 고른 하얀색 천은 자세히 들여다 보면 자잘
한 꽃무늬가 돋보이는 레이스 천이었다.

"음…… 오두막 커튼?"

내 대답에 현정이 곧장 딩동댕을 외쳤다.

"웬일? 너도 나랑 똑같은 생각을 했네. 이 천으로 숲속
오두막 커튼이랑 식탁보를 세트로 만들면 좋을 것 같아.
네 생각은?"

"괜찮은 걸?"

내가 엄지 척을 하자 현정이 얼굴에 미소가 번졌다.

"그럼 넉넉히 사 가자. 남으면 여자애들 의상에 리본 만들어서 달아도 예쁠 것 같아. 머리띠나 핀에 달아서 장식으로 써도 좋을 것 같고. 너무 예쁘겠다. 그치, 그치?"

현정이 레이스 천을 가슴 앞으로 모아 쥐며 내 얼굴을 빤히 올려다봤다.

응? 뭐? 대체 뭐? 왜 날 그런 눈으로 보는 거냐?

혹시 나한테 지금 리액션, 뭐 이런 걸 원하는 거냐?

"그치? 그치?"

현정이 다시 또 내 대답을 재촉했다. 나의 리액션을 기대하는 현정이 눈빛이 너무 강렬해서 얼떨결에 대답해 버리고 말았다.

"예, 예쁘겠네."

내 입에서 예쁘다는 말이 튀어나오자 현정이 활짝 웃으며 "사장님!"을 외쳤다. 그러고는 한 마에 얼마냐, 레이스 무늬가 끊기지 않게 잘 잘라 달라, 이 천은 어떤 실로 바느질하는 게 좋으냐, 디테일한 부분에까지 신경 쓰며 주인아주머니와 이야기를 주고받았다.

나는 현정이 얼굴에서 눈을 뗄 수 없었다. 이상한 일이
지만 무언가에 열중해 있는 현정이 얼굴을 보고 있으면,
내 안에서 비눗방울 같은 것들이 몽글몽글 피어오르는
것 같은 기분이 들었다. 후~ 하고 숨을 내쉬면 눈앞에서
피어올라 무지갯빛을 사방으로 흩뿌리며 푸른 하늘로
날아오르는 비눗방울들이 내 속에서 마구 피어올랐다.

"우와! 완전 좋다!"

현정이 활짝 웃었다. 내 안에서 피어오른 비눗방울들
이 현정이의 웃는 얼굴 주위를 둥둥 떠다녔다.

"오두막에 쓸 천은 샀으니까 이번엔 마을 사람들 옷을
사러 가 볼까?"

현정이 앞장섰다. 나는 그 뒤를 졸졸 따라가며 엉뚱한
생각을 했다. 현정이 웃는 얼굴이 갑자기 무지갯빛으로
빛나 보이는 건, 분명 내 속에서 피어오른 비눗방울 같은
것들 때문일 거라고.

그 뒤로도 우리는 공연에 필요한 천과 옷, 소품을 사느라 이런저런 이야기를 나누며 동대문 시장을 걸어 다녔다.

"세상에서 제일 무서운 거? 난 피구! 공 날아오는 소리만 들려도 너무 무서워. 차라리 빨리 공 맞고 나가 버리고 싶은데 무서우니까 나도 모르게 필사적으로 피하게 돼. 진짜 싫은 게 뭔지 알아? 무서워서 죽을 듯이 피하다 보면 내가 늘 마지막까지 남아 있게 된다는 거야. 그런데 난 죽다 살아나도 날아오는 공은 못 잡겠어. 결국 나만 노리는 공을 피하다가 죽게 돼. 그게 얼마나 싫고 무서운지 넌 모르지? 난 정말 피구 싫어."

좋아하는 것과 싫어하는 것에서 시작된 이야기가 무서운 것에까지 이르자 현정이가 몸서리를 쳤다.

"야! 난 지금 네 얼굴이 더 무섭다!"

내가 놀리자 현정이가 가만두지 않겠다며 쫓아왔다. 갑자기 시작된 쫓고 쫓는 달리기를 하다 보니 어느새 동대문 시장을 몇 바퀴나 돌고 말았다.

"어휴~~ 이렇게 힘든 줄 알았으면 난 안 왔지."

현정이가 무릎에 두 손을 짚고 허리를 숙인 채 한숨을 내쉬었다. 토요일인 어제에 이어 일요일인 오늘도 우리 반 아이들은 시청각실에 모여 연극 연습을 하기로 했고 의상 및 무대 소품을 담당한 현정이와 연출을 맡은 나는 동대문시장으로 필요한 물건들을 사러 왔기 때문이다.

"진짜? 진짜 안 왔어, 네가? 안 왔으면 그 브로치 같은 것들도 전부 나 혼자 샀을 텐데?"

나는 부러 현정이 약을 올리며 액세서리들이 들어있는 비닐봉지를 가리켰다.

"엥? 그건 진짜 안 돼! 이태양 너한테 맡겨 놨다간 진짜 엄청난 것들만 사 왔을 거 아냐! 아무리 힘들어도 내가 끝까지! 기필코! 찾아낸다!"

현정이 다시 허리를 폈다.

"뭐? 엄청난 것들? 야! 패션에 관해서는 내가 우리 학교 남자애들 중에서는 최고 아니냐? 그건 너도 인정해야지?"

나는 한껏 거드름을 피우며 머리를 뒤로 쓸어 넘겼다.

오늘 입고 나온 옷만 해도 의상학과에 다니는 우리 누나가 나를 위해 특별히 코디해 준, 일명 '이 여름을 강타할 여름방학 패션'이다. 나는 흰색 바탕에 코발트블루빛 줄무늬로 여름 바다를 연상시키는 셔츠에 시원함을 강조하기 위해 양쪽 무릎을 찢어놓은 청바지를 입은 채 목을 뻣뻣하게 세웠다.

"어때? 이 정도면 모델 아니냐?"

"우웩~~ 저기 시장 치킨에서 튀겨진 치킨들이 깜짝 놀라 다 날아오르겠다!"

"뭐라고?"

내가 정색을 하자 현정이 깔깔거리며 도망쳤다. 다른 건 몰라도 패션에 관해서라면 누구에게도 뒤져본 적 없는 나를 이렇게 놀려 먹다니!

내가 씩씩거리며 뒤쫓는 동안에도 현정이는 뭐가 그렇게 재미있는지 깔깔거리며 사람들 사이를 헤집고 뛰어다녔다.

"잡았다!"

이윽고 내가 현정이 어깨를 낚아챘을 때는 현정이보다도 먼저 내 입에 무언가가 쑤욱 들어왔다.

"예예, 나무중학교 최고 패셔니스타 이태양 님! 알겠으니까 이거나 드셔 보세요!"

다코야키였다.

"갈릭치즈?"

우물우물, 입안에 퍼지는 맛을 음미하며 내가 물었다.

"바보! 이것도 못 맞추면 저녁은 네가 사는 거야!"

입안으로 다코야키 하나가 또 쑤욱 들어왔다.

"데리야키?"

"땡! 고구마잖아! 네 미각은 패션 센스를 못 따라가나봐? 우와! 저녁 뭐 먹지? 이태양이 사는 거니까 비싼 걸로 먹을까? 헤헤"

현정이가 소리까지 내며 웃었다. 남은 다코야키를 손에 들고 저녁으로 무얼 먹을지 고민하며 주위를 두리번거렸다.

참 제멋대로네, 라고 생각하면서도 어쩐지 현정이가 진짜 좋아하는, 진짜 맛있는 걸 사주고 싶다는 생각이 들었다.

"칼국수? 떡볶이? 김밥? 쫄면? 라볶이?"

현정이가 분식집을 가리켰다.

"현정이 너 혹시 '미친 떡볶이' 먹어 봤어? 내가 우리 누나들이랑 이쪽에 자주 오잖아. 여기 올 때마다 누나들이랑 가는 곳인데 한 번 먹어 볼래?"

"진짜? 진짜? 미친 떡볶이라고? 가 볼래, 가 볼래! 진짜 맛있겠다~."

현정이 리액션이 장난 아니었다. 미친 떡볶이라는 말 한마디에 만화책에서만 봤던 예의 그 '애교'라는 걸 직접 눈으로 보게 되다니!

나는 현정의 뜻밖의 리액션에 당황하고 말았다. 얼음이 되어 서 있는데 현정이가 주먹으로 내 등을 툭 쳤다.

"야! 미친 떡볶이! 앞장서라고!"

"알았어. 알았다고!"

다시 내가 아는 윤현정으로 되돌아온 현정이와 함께 단골 떡볶이집으로 갔다. 가는 길 내내 현정이와 좋아하는 음식과 못 먹는 음식, 먹어 보고 싶은 음식과 절대로 먹기 싫은 음식에 대해서 얘기했다. 나중에 돈 벌어서 꼭 먹어 보고 싶은 요리로 현정이는 딸기 뷔페를 꼽았고 나는 양대창을 꼽았다. 대화를 하다 보니, 현정이와 의외로 통하는 면도 있었고, 그렇지 않은 면도 있다는 걸 알게 됐다. 그렇지만 현정이가 양대창을 먹어 보지는 않았지만 안 먹어 본 음식이니까 한 번쯤은 시도해 보고 싶다는 말을 했을 때는 나도 현정이가 좋아하는 걸 먹어 보고 싶다는 생각을 하게 됐다. 고작해야 먹는 얘기일 뿐이지만 고작 먹는 얘기만으로도 어쩐지 내가 몰랐던 세계를 알게 된 느낌이었다. 어쩌면 이렇게 계속 함께 있다 보면 내 세계가 조금씩 조금씩 넓어질지도 모르겠다는 예감이 들었다.

"진짜였어? 진짜 떡볶이 집 이름이 미친 떡볶이네?"

현정이 발걸음이 빨라졌다.

"우와! 나 진짜 이건 처음 먹어 봐."

뜨거운 불판 위에 떡볶이가 나오자마자 현정이 테이블 앞으로 달려들었다.

"너무 기대된다~~. 고마워, 이태양!"

입맛을 다시며 현정이 떡볶이에 포크를 가져다 댔다. 그리고는 쿡 찍어 나한테 내밀었다.

"응? 나 주는 거야? 왜?"

"왜긴 왜야. 고마우니까 그렇지. 나 떡볶이는 많이 먹어 봤어도 미친 떡볶이는 처음 먹어 보거든. 데려와 줘서 고마워. 안 먹어 본 거 먹는 거, 그게 내 취미거든."

"그래? 그럼 뭐 어쩔 수 없다. 다음에 또 기회 생기면 순대볶음집도 데려가 주지."

나는 현정이 내민 떡볶이를 받아 들며 어깨를 으쓱했다.

"진짜? 다음에 순대볶음 너 진짜 잊으면 안 돼. 엥? 이 떡볶이 진짜 미쳤다! 왜 이렇게 달아! 왜 이렇게 맛있어! 이 소스 조합은 대체 누가 생각해 낸 거야?"

현정이 미친 떡볶이를 한 입 베어 물자마자 소리를 질렀다. 예상했던 반응이었다. 나도 그랬으니까.

"진짜 미친 맛이지?"

나는 키득거리며 테이블에 올려져 있는 그릇의 뚜껑을 열었다.

"이게 뭐야?"

현정이 물음에 나는 그릇 안에 들어있는 흰색 가루를 한 숟가락 퍼서 현정이 입에 가져다 댔다.

"설탕? 이거 진짜 설탕이야?"

"어. 설탕 맞아. 이 집 맛의 비법이 바로 이 설탕이야. 그냥 내 마음대로 설탕을 이렇게 마구마구 넣어서 먹을 수 있어. 진짜 미쳤지?"

내가 떡볶이에 설탕 한 스푼을 추가하자 현정이가 미친 듯이 웃어댔다. 이런 떡볶이집을 알게 되어 정말 행복하다고 했다. 설탕 한 스푼에 행복하다는 말까지 하는 현정이가…… 신기했다! 신기해서 낯설었다. 낯설어서…… 그래서…… 순간 두근거렸던 거다.

나는 두근거리는 심장을 의식하지 않으려고 애쓰며 떡볶이에 시선을 고정한 채 먹는 데에만 집중했다. 맞은편에 앉은 현정이가 떡볶이에 들어있는 삶은 달걀을 포크로 집으며 다른 건 몰라도 떡볶이나 냉면에 들어 있는 달걀은 절대 양보 못 한다, 태양이 넌 떡볶이나 냉면에 들어있는 달걀을 먼저 먹는 쪽이냐, 나중에 먹는 쪽이냐, 등등 이런저런 얘기를 하는 동안에도 나는 고개를 들지 못하고 떡볶이를 먹는 데에만 집중했다.

그런데 이 떡볶이가 정말 이런 맛이었나?

현정이와 함께 먹는 미친 떡볶이는 누나들과 함께 먹었던 것과는 전혀 다른 맛이었다.

제6장 넌 어떻게 알았어?

"명랑이는?"

영웅이 시청각실에 들어오자마자 주위를 두리번거렸다.

"명랑이? 자료 찾는다고 도서관에 갔는데?"

현정이 대답에 영웅의 미간에 주름이 잡혔다.

"뭐? 언제 오는데? 오늘 고백하려고 일부러 일찍 왔는데!!!"

영웅이 털썩 바닥에 주저앉았다.

"고백?"

"갑자기?"

"미쳤나 봐!"

영웅의 말에 우리는 일제히 소리쳤다. 소품과 의상 준비를 위해 월요일, 그것도 여름방학 중의 월요일임에도 불구하고 시청각실에 모여있던 우리 모두, 하던 일을 멈추고 영웅을 쳐다봤다.

"오늘 내 연애운이 최고조라고. 봐. '작은 것에 연연하지 말아라. 화사하게 핀 꽃이 주위를 환하게 밝힐 터이니 연인이 없는 사람은 오늘이 기회이다. 작은 시련이 있겠으나 곧 다가올 새로운 인연과의 만남이 준비되어 있으니 감사하고 만족하라.' 이것 봐. 진짜라고!"

영웅이 내게 제 휴대폰 화면을 들이밀었다.

"'신통방통 오늘의 운세'?"

영웅의 휴대폰에는 정말 운세 앱이 깔려 있었다. 일 때문에 지방에 계시는 부모님보다는 늘 할머니와 함께 있어서인지 가끔 영웅은 이렇게 어르신 같은 모습을 보이곤 한다.

"너, 설마 이젠 이런 것까지 보는 거냐?"

내가 묻자 영웅은 무시하지 말라며 인터넷 운세가 얼마나 잘 들어맞는지에 대해서 강력히 주장하기 시작했다. 지난 몇 년간 아침마다 할머니한테 휴대폰으로 '오늘의 운세'를 봐 드리고 있는데 진짜 잘 맞는다, 그러니 오늘을 놓치면 절대 안 된다, 오늘 반드시 명랑이한테 고백하고 말겠다고 선언했다.

"그런데 명랑이 마음은 생각해 봤어? 명랑이도 널 좋아하는 것 같아?"

현정은 어제 동대문 시장에서 사 온 천에 커튼 주름을 잡다 말고 영웅에게 물었다.

"명랑이가 날 좋아하는 것 같냐고? 그거야…… 모르지! 너희들 생각에는 명랑이가 나 좋아하는 것 같아?"

영웅이 뜻밖의 질문을 했다.

명랑이가 황영웅을 좋아하는 것 같냐고? 그런가?

나는 황영웅과 함께 있을 때의 명랑이를 생각해 봤다. 아무리 생각해 봐도 특별하게 떠오르는 기억은 없었다.

솔직히 말하면 명랑이는 영웅이를 크게 의식하는 것 같지도 않았다.

"야! 황영웅! 너 그럼 명랑이가 너한테 마음이 있는지 없는지, 너를 좋아하는지 아닌지도 전혀 모른다는 거야? 최소한 너한테 호감이 있는지 없는지는 아는 거지? 설마 그것도 모르면서 대뜸 고백부터 한다는 건 아니겠지?"

우진이 믿을 수 없다는 얼굴로 영웅을 흘겨봤다. 그러나 영웅의 입에서 전혀 모른다는 말이 튀어나오자 곧장 영웅의 머리에 알밤을 먹였다.

"아파, 아프다고! 명랑이가 나한테 호감이 있는지 없는지 내가 어떻게 알아? 우진이 넌 알아? 야! 윤현정, 이태양! 너희도 모르잖아? 알아? 어떻게 아냐고?"

영웅의 말에 우진은 혀를 내두르더니, 우리 중 유일하게 여자 친구가 있는 연애 선배답게 차근차근 설명하기 시작했다.

"일단! 눈이 자주 마주쳐. 연애 선배인 내 경험으로 봤을 때 이게 가장 확실해. 공부하다가 뒤돌아봤는데 그 애가 날 보고 있어. 버스 정류장에서 버스 기다리다가 고개를 돌리면 그 애가 날 보고 있어. 아무튼 눈이 자주 마주쳐."

"아~ 너무 설렌다~."

우진의 말에 현정은 레이스 천을 쥔 채로 꿈꾸는 듯한 표정을 지었다. 그 옆에서 영웅은 놀라 입을 다물지 못했다.

"다음은! 그 애가 내 옆에 있다는 거야. 지금 내 여친이랑 나랑 교회 친구였잖아. 처음엔 몰랐는데 단체로 햄버거집 같은 데 가면 내 여친이 내 옆에 앉아 있거나 내 앞에 앉아 있는 거야. 나중에 생각해 보니까 수련회 같은 데 갔을 때도 먼저 와서 말 걸고 그랬더라고. 잊지 마. 어디든 그 애가 내 옆에 있었다는 거."

"그 애가 내 옆에 있었다~. 아~ 무슨 시 같아. 나 너무 두근거려! 어쩜 좋아~~."

현정이 이제는 아예 커튼 만들 레이스 천을 부둥켜안았다. 현정이 이런 얘기를 이렇게 좋아할 줄 정말 몰랐다. 처음 보는 모습이었지만 낯선 그 모습이 신선했다. 길을 걷다 새로운 디자인의 팔찌를 발견한 것 같았다. 나는 그 모습을 더 가까이에서 보려고 현정이 쪽으로 살짝, 그러니까 아무도 눈치 못 챌 정도로만 살짝 옆으로 더 다가가 앉았다.

"그다음은? 그 애가 날 좋아하는지 아닌지 어떻게 아는데? 응? 응? 빨리 말해 줘~~."

현정의 코맹맹이 소리에 우진은 순간 헉, 놀라 멈칫했지만 뒤이은 영웅의 성화에 다음 말을 이어 나갔다.

"결정적인 건!"

우진이 오른손 검지를 들어 올렸다.

"결정적인 건?"

현정이도 나도 영웅이도 홀린 듯 우진의 오른손 검지를 올려다봤다.

"바로 냅킨이야!"

"냅킨?"

"휴지?"

"냅킨이 왜?"

우진의 말에 우리는 고개를 갸웃거렸다.

"응, 바로 그 냅킨! 그날 내 앞으로 그 애가 냅킨을 내밀었을 때, 나는 확신했어. 날 좋아하고 있구나! 주일 예배가 끝나면 늘 가던 햄버거집이었어. 감자튀김 먹다가 케첩이 입에 튄 거야. 뭐 많이는 아니고 진짜 살짝 묻었는데, 닦으려고 내가 냅킨이 어디 있나 두리번거렸거든. 그런데 그 애가 나한테 냅킨을 건네주더라고. 날 보고 있었던 거야. 내가 뭘 찾고 있는지 말 안 해도 알고 있었던 거야."

그 말을 하는 순간에는 우진이 얼굴도 현정이 얼굴을 닮아 있었다. 꿈꾸듯 그날을 회상하는 우진이 얼굴은 다시 생각해 봐도 흐뭇하다는 표정이었다.

"아~~ 뭐야 뭐야 뭐야~ 넘 낭만적이다! 날 보고 있었던 거야……. 말 안 해도 알고 있었던 거야……. 심장 너무 뛰어!"

현정이 레이스 천을 부둥켜안은 채 뒤로 쓰러졌다. 영

웅은 놀라 입을 벌린 채로 우진과 현정을 번갈아 보다 머리를 쥐어뜯으며 달려 나갔다.

"저 녀석 왜 저러냐?"

나는 영웅의 뒷모습을 가리키며 혀를 찼다.

"왜겠어? 우진이 말한 거랑은 전부 다 다른 거지."

현정이 말에 우진도 나도 터져 나오는 웃음을 참지 못했다. 생각해 보니 그랬다. 과연 명랑이랑 황영웅의 눈이 마주쳤을까? 명랑이가 황영웅 옆에 와 있었을까? 명랑이가 황영웅을 보고 있다가 황영웅이 필요한 걸 챙겨줬을까? 상상이 안 갔다.

"그러네. 우진이 말대로라면 명랑이는 영웅이한테 진짜 관심 없는 거네."

어쩐지 영웅이가 좀 안 됐다는 생각을 하면서 나는 주위를 두리번거렸다. 숲속 오두막의 식탁으로 쓰려고 책상에 분홍색 페인트칠을 하다 영웅이가 나타나서 멈추었는데, 작은 붓이 보이지 않았다. 책상 상판과 다리 사이를 꼼꼼히 칠하려면 작은 붓이 필요했다. 내가 작은 붓을 찾아 주위를 두리번거리는데 현정이 벌떡 일어섰다.

"이거 찾는 거지?"

현정이 창가에 늘어놓은 도구들 사이에서 붓 하나를 꺼내왔다.

날 보고 있었던 거야.

내가 뭘 찾고 있는지 말 안 해도 알고 있었던 거야.

우진이가 했던 말이 머릿속에 울려 퍼졌다.

설마……

나는 현정이가 내민 붓을 받는 것도 잊은 채 현정이를 올려다봤다.

내가 뭘 찾고 있었는지 현정이 넌 어떻게 알았어?

내가 말도 하지 않았는데 현정이 넌 어떻게 아는 거야?

"뭐 해? 안 받아?"

현정이 빨리 받으라며 붓을 흔들었다. 그 표정이 평상

시와 똑같아서 나는 머릿속을 비집고 들어온 엉뚱한 생각을 서둘러 몰아냈다.

나는 현정이가 준 붓을 받아들고 창가 쪽으로 갔다. 하다만 페인트칠을 다시 하려고 식탁으로 쓸 책상을 뒤집었다. 상판과 다리 부분이 연결된 부분을 칠하기에 적당한 붓이었다. 너무 크지도 너무 작지도 않은 붓에 나는 페인트를 묻혔다. 낡은 책상이 요정이 쓸 법한 핑크빛의 식탁으로 변해가는 동안 내 안에서는 '설마'와 '아니야'가 수없이 교차하고 있었다.

그런데 나의 이 수없이 많은 '설마'와 '아니야'를 뚫고 황영웅이 달려들어 왔다.

"어떡해! 어떡해! 떠, 떨려서 못 보겠어!"

영웅이 무슨 보석이나 되는 듯이 두 손으로 휴대폰을 고이 받쳐 들고 있었다.

"뭐야?"

"왜?"

"누가 네 휴대폰으로 빵 보낸 거냐?"

우리는 하던 일을 멈추고 영웅을 에워쌌다.

"쉿! 나…… 아무래도…… 명랑이랑 사귀게 될 것 같아."

영웅의 입에서 믿을 수 없는 말이 흘러나왔다.

"꺅!"

"미친!"

"말도 안 돼!"

우리는 누가 먼저랄 것도 없이 영웅의 휴대폰으로 손을 뻗었다. 영웅은 안 뺏기려고 난리였지만 결국, 우리 손에 들어왔다.

"빨리 비번 눌러!"

우진이 밑에 깔린 영웅의 눈앞에 내가 휴대폰을 내밀었다.

"난 지금 못 봐! 우후~~! 심장 떨려! 내가 명랑이한테 문자 보냈는데 명랑이가 답장을 보냈다고. 나한테 마음이 없으면 명랑이가 내 문자에 답장을 했겠냐? 휴우~ 너무 떨린다. 태양이 네가 나 대신 확인해 줄래?"

비밀번호를 누르는 영웅이 손이 바들바들 떨렸다.

드디어 잠금이 해제되고 휴대폰 화면에 문자가 떴다. 나는 큰 소리로 명랑이가 영웅이에게 보낸 메시지를 읽었다.

"황영웅! 너 한가하냐? 난 지금 연극 대본 수정하는 것만으로도 벅차. 행운의 편지는 나 대신 네가 많이 보내 줘. 행운의 편지 또 보냈다가는 수신차단이닷! 아참, 이런 행운의 편지 보낼 시간 있으면 대사나 제대로 외워 와라?' 이게 뭐야?"

나는 할 말을 잃고 영웅에게 휴대폰을 돌려줬다.

"뭐라고? 어? 이게 아닌데…… 오늘의 운세에서 오늘 연애운이 최고라고 했는데? 오늘 고백하면 무조건 이뤄지는 건데?"

영웅은 아직도 신통방통 오늘의 운세 타령이었다. 정말이지 믿을 수 없다는 표정으로 명랑이한테서 온 답장을 들여다봤다.

"진짜 이상하다……. 명랑이가 나 좋아하는지 아닌지,

나한테 호감이 있는지 없는지 알아보려고 내가 도서관
으로 갔잖아."

"그런데?"

도대체 무슨 일이 있었는지 현정이가 나보다 더 궁금
해했다.

"그런데 명랑이가 날 안 쳐다보더라고. 아니 그냥 아
예 내가 온 줄도 몰라. 우리 대본 보면서 대사를 좀 고치
는 것 같더라. 내가 말을 안 걸면 안 될 것 같았어. 그래서
내가 내 휴대폰을 내밀었지. 번호 찍어!"

"그래서?"

우진이 영웅이 앞으로 바짝 다가와 앉았다.

"그냥 찍어 주더라. 묻지도 않고. 와! 명랑이 진짜 쿨
(Cool)해. 그러고는 또 바로 대본을 보더라니까. 내가 옆
에서 계속 쳐다보는 데도 집중 짱! 완전 멋지지 않냐? 나
또 반했어."

명랑이한테 왜 이런 문자가 온 건지 설명하다 말고 영
웅은 전혀 상관없는 얘기로 빠져 버렸다. 가만 놔두면 계

속 명랑이 자랑만 늘어놓을 것 같았다.

"야! 행운의 편지가 뭐냐니까?"

나는 일부러 더 큰 소리로 다그쳤다.

"아, 맞다! 아무튼 명랑이 번호를 알게 됐어. 그것도 명랑이가 직접 내 핸드폰에 찍어준 번호! 오늘의 운세대로 되어가는구나. 오늘을 절대 놓칠 수 없다! 고백해야지! 그런데 어떻게? 무슨 말로? 우리 아빠가 엄마한테 썼던 바로 그 방법! 행운의 편지를 보낸 거지. 흑흑흑. 그런데 이게 뭐냐구요? 우리 엄마한테 통한 방법이 명랑이한테는 왜 안 통하는데?"

영웅이 눈물도 나오지 않는 눈으로 우는 척을 해댔지만 우리는 휙 고개를 돌렸다. 영웅이 명랑이한테 보냈다는 예의 그 '행운의 편지'를 들여다봤다.

이 편지는 영국에서 시작되어 지금도 많은 사람들에게 행운을 주는 편지이다. 돈으로 빵은 살 수 있지만 사랑을 살 수는 없다. 당신이 이 편지를 받는 즉시 당신에게 이 편지를 보낸 사람에게 똑같은 행운의 편지를 보내면 당신의 사랑은 이루어질 것이다.

진짜…… 미친 건가?

영웅이 명랑이한테 보냈다는 행운의 편지를 읽자마자 나는 영웅의 머리를 자세히, 정말이지 뚫어지게 살펴봤다. 영웅의 뇌는 대체 어떻게 생겼을까? 어떻게 생긴 뇌이기에 이런 편지를 보내 놓고 사귀게 될 거라는 결론을 내릴 수 있는 걸까? 나는 도저히 이해할 수 없는 사고의 흐름이다, 라고 생각하는데 영웅의 입에서 너무나 신기해서 이제는 신비롭기까지 한 말이 튀어나왔다.

"차라리 우리 반 단톡방에서 고백을 해 볼까? 공개 고백?"

"안 돼! 그건 진짜 안 돼!"

"최악이야!"

"제발 하지마!"

현정이도 우진이도 심지어 나도 절박한 마음으로 소리쳤다.

그날 이후로 영웅은 우리 반 아이들이 모두 나와 연극 연습을 하기로 한 주말이 될 때까지, 우리로서는 최악이라고 생각되는 고백 방법을 매일 매일 지치지도 않고 생각해 왔다. 운동장 한가운데 하트를 그리고 그 하트 안에 명랑이와 자신의 이름을 그려 넣겠다, 그러면 전교생이나 황영웅이 명랑이를 좋아한다는 사실을 다 알게 될 것이다, 우리 반 남자애들에게 나 황영웅이 명랑이를 좋아한다고 털어놓으면 며칠도 안 되어 소문이 쫙 퍼질 거다, 그러면 그 소문이 명랑이 귀에까지 흘러들어갈 테고, 그러면 구태여 고백을 하지 않아도 명랑이가 내 맘을 알게 될 것이다 등등……. 황영웅은 자신의 마음을 전할 방법들에 대해 끝도 없이 떠들어 댔다.

우리는 그때마다 영웅을 뜯어말리느라 소품 준비에

차질을 빚을 정도였다. 그러다 대본 수정을 마치고 명랑이가 시청각실 문을 열고 들어오면 영웅은 또 언제 그랬냐는 듯이 딴청을 부리며 그저 있었다. 마치 꼬리를 흔드는 강아지처럼 명랑이 옆에 앉아 히죽거렸다. 가끔은 영웅이 엉덩이 뒤로 꼬리가 달린 게 보여 나는 몇 번씩이나 눈을 깜박여야 했을 정도다.

아무튼 영웅이 덕분에 현정이도 우진이도 미애와의 일을 묻지는 않았다. 그래도 결국 토요일은 왔다. 토요일 오후에 아이들과 다들 모여 연극 연습을 하기 전에 미애와 점심을 먹기로 했다. 함께 점심을 먹고 학교로 같이 오기로 했다.

미애와 무슨 얘기를 해야 하지?

지난주 토요일에 이어 이번 주 토요일이 될 때까지 일주일 내내 무대에 필요한 소품들을 만들었고, 쌓이는 소품처럼 걱정도 쌓여 갔다.

고백 받으면 꼭 사귀어야 하는 걸까?

이럴 땐 대체 뭐라고 대답해야 하는 거냐?

나는 미애가 내 팔목에 매어준 실 팔찌를 내려다보며 주섬주섬 가방을 챙겼다. 벌써 저만치 앞서가는 영웅이에게 묻고 싶었다. 영웅이 넌 네가 명랑이를 좋아한다는 걸 대체 어떻게 아는 거냐고. 영웅이 옆에서 웃고 있는 현정이에게도 묻고 싶었다. 누군가를 좋아해 본 적이 있는지. 현정이 넌 네가 그 애를 좋아하는지 어떻게 알았는지.

지금 내 앞에서 앞서 걷고 있는 아이들에게 정말이지 물어보고 싶었다.

넌, 네 마음이 보이니?

제7장 데이트? 데이트!

　멀리서도 미애는 눈에 띄었다. 그저 평범한 청치마에 흰색 티셔츠를 입고 있는데도 반짝 반짝 빛이 나는 듯했다.

　휘익~~

　어디선가 휘파람 소리가 들려왔다. 토요일 오후, 일찍부터 로데오거리로 나와 서성이던 남자애들 몇몇이 미애를 바라보며 휘파람을 불었다. 잡티 하나 없이 맑은 피부와 이마 아래로 시원스럽게 쭉 뻗은 코, 반짝반짝 빛이 나는 두 눈을 장식하듯 감싸고 있는 쌍꺼풀에 이슬에 젖은 듯한 도톰한 아랫입술까지! 눈을 크게 뜨고 다시 쳐다봐도 미애는 역시 예뻤다.

한 걸음 한 걸음 미애가 가까이 걸어오자 주변에 있는 사람들의 시선이 미애에게로 집중됐다. 미애는 전혀 위축되지 않았다. 시선 집중 따위 익숙한 듯했다.

미애가 나를 향해 손을 흔들었다. 휘파람을 불던 남자애들이 나를 쳐다봤다. 화르륵 얼굴이 달아올랐다. 나로서는 감당하기 힘든 시선을 미애는 아무렇지 않은 듯 뒤로하고는 내 앞에 와서 섰다.

"뭐 먹을까?"

미애는 그저 내 앞에 와서 섰고, 상체를 약간 굽혀 내게 인사를 했을 뿐이다. 그런데 그 작은 몸짓만으로도 주변 공기가 달라진 느낌이랄까? 머리에서 발끝까지 완벽하다고 표현해도 좋을 만큼 멋진 모습에 주변의 모든 것들이 압도당하며 미애에게로 흡수되는 듯했다. 나의 착각일 지도 모르지만, 한순간 시간이 정지하며 침묵이라고 불러도 좋을 정적이 내려앉은 듯했다. 아니 어쩌면 정말 주변 사람들이 미애가 내게 무슨 말을 하는지, 미애는 어떤 목소리로 말하는지 듣기 위해 귀를 기울였을지도.

"태양이 넌 뭐 먹고 싶은 거 있어?"

미애가 고개를 옆으로 살짝 기울였다. 앙증맞은 귀걸이가 살짝 흔들렸다.

"난 뭐 다 좋아. 네가 가고 싶은 데 가자."

"진짜? 그럼 나, 가보고 싶은 데 있었는데. 거기 갈까?"

미애는 그렇게 말하며 이번에는 반대 방향으로 고개를 기울였다. 미애가 말할 때마다 이쪽으로 저쪽으로 흔들리는 귀걸이가 신기했다.

미애가 말한 스파게티 집으로 걸어가는 내내 사람들의 시선이 뒤를 쫓아왔다. 미애를 바라볼 때는 감탄이었다가 나를 볼 때는 부러움으로 바뀌는 시선을 목격하며 걷다 보니 어느새 스파게티 집 앞에 도착했다.

"여기 진짜 사진 맛집이야. 이 집에서 찍으면 사진 진짜 잘 나오거든. 이리 와 봐. 빨리~"

주문을 끝내자마자 미애가 내 팔을 잡아끌었다. 아주

잠깐 미애의 시선이 내 손목에서 흔들거리는 실 팔찌에 가서 머물렀다. 미애의 입가에 미소가 번졌다. 미애는 곧장 여러 개의 접시들이 진열되어 있는 앤티크 장식장 앞에 서서 포즈를 잡았다. 나는 어정쩡한 자세로 미애 옆에 서 있었다. 너무 떨어져도 안 될 것 같고 그렇다고 너무 가까이 서서 찍어도 안 될 것 같았다. 내가 아무리 이상한 자세로 서 있어도 미애는 프로였다.

멀뚱히 서 있는 내 옆에서 웃는 얼굴, 삐진 얼굴, 입술을 내민 모습, 두 눈을 감은 모습으로 미애는 찰칵찰칵 사진을 찍었다. 어떤 모습으로 찍어도 사진 속의 미애는 자연스러웠다.

"태양이 너 진짜 사진 잘 받는다. 역시 너처럼 키는 크고 봐야 해. 이거 봐. 너 진짜 잘 나왔지?"

미애가 휴대폰 카메라를 들이댈 때마다 나는 그저 눈을 크게 뜨거나 멋쩍게 웃거나 머리를 긁적거렸을 뿐이다. 그런데도 내 옆에 있는 미애 덕분에 사진 속의 나는 전혀 어색하지 않았다.

주문한 스파게티가 나왔다.

"음~~ 비주얼 최고! 잠깐만 사진 먼저 찍고."

미애는 SNS에 올릴 사진 먼저 찍고 음식을 먹기 시작했다. 미애가 여러 각도에서 음식 사진을 찍는 동안 나는 포크를 집었다 놨다 하며 기다렸다.

드디어 사진 찍기가 끝났다.

"너무너무 맛있다. 그치?"

스파게티를 한 입 먹을 때마다 미애 입에서 감탄사가 흘러나왔다. 나도 뭔가 반응을 해 줘야 할 것 같았다. 그렇지만 맛있다는 말만 계속해 댈 수는 없었다.

미애는 맛있다는 말과 사진 찍기를 반복하다 밖으로 나왔다.

밖으로 나와 오락실에 갔다.

"이거 할까?"

오락실 한쪽에 있는 DDR 펌프에 올라간 미애가 내게 물었다. 내가 미처 대답하기도 전에 미애는 벌써 동전을 집어넣고 음악을 선곡했다. 비트와 함께 모니터 속에서 화살표들이 쏟아져 내려오기 시작했다.

쿵 쿵쿵 쿵쿵쿠웅 쿵

쾅 쾅쾅쾅 쾅쾅

비트에 맞춰 미애의 몸이 흔들렸다.

쏟아져 내리는 화살표를 따라 미애의 두 발이 움직였다.

자연스럽고 현란한 몸짓에 어느새 사람들이 우리를 에워싸기 시작했다. 어느새 미애는 두 팔을 들어 올리고 온몸으로 비트를 밟아 댔다.

미애는 대체 DDR 펌프에 얼마를 썼을까?

사람들이 모여들어 구경을 할 만큼 미애의 댄스 실력은 출중했다. 한 곡이 끝나고 보너스로 한 판을 더 얻은 미애가 나를 불렀다. 그러나 미애가 내 이름을 부르기도 전에 미애 옆에 있던 DDR 펌프 위로 우리 또래의 남자애가 올라갔다.

"혹시 이 노래 알아?"

남자애가 VTS의 신곡을 선곡하며 두 발을 허공으로

들어 올렸다 내려놨다. 미애가 깔깔 웃으며 질세라 발을 놀렸다. 어느새 공연이 펼쳐지고 있었다. 난데없이 펼쳐진 댄스 배틀에 사람들은 환호했다.

미애의 모습이 너무 멋져서 나도 같이 박수를 쳤다. 나도 같이 환호했다. 그러나 환호하며 박수를 치면 칠수록 내 자리는 미애를 바라보는 군중들이 있는 곳이고 미애는 저 앞 무대 위에 있는 사람이라는 생각만 가득했다.

오락실에서 나와서 연극 연습을 하기 위해 학교로 오는 동안에도 미애와 내내 함께 걸었다. 꽤 긴 시간 미애와 같이 있었다. 그런데 이상하게도 미애와 함께 있었다는 느낌은 들지 않았다. 둘이 있었다기 보다는 여러 사람들과 함께 있었다는 느낌이 들었다. 어쩌면 미애의, 누군가에게 보여 주기 위한 표정과 행동들 때문이었는지도 모르겠다.

"태양아! 나 잠깐 편의점 좀."

미애가 편의점으로 걸어 들어갔다. 할 수 없이 뒤따라 들어갔다. 편의점 문을 열자마자 계산대 앞에 진열되어 있는 막대사탕이 눈에 띄었다. 내 손은 어느새 콜라 맛 막대사탕을 집어 들고 있었다. 미애가 냉장고 안쪽에서 생수를 들고 와 계산대 앞에 내려놓을 때까지도 나는 콜라 맛 막대사탕을 입에 문 채 엉뚱한 상상을 하고 있었다. 만약에…… 미애가 아니라 현정이와 함께였다면 어땠을까, 라는 상상을.

미애는 생수를, 나는 콜라 맛 막대사탕을 먹으며 학교로 걸어갔다. 우리가 시청각실에 들어갔더니 아이들이 일제히 우와아 소리를 내질렀다.

"너희들 뭐냐? 같이 온 거?"

"데이트라도 한 거야 뭐야?"

영웅이 달려와 내 어깨에 팔을 두르며 "너 혹시 미애랑 데이트라도 한거냐?"라고 물었다.

나는 영웅의 얼굴을 빤히 들여다봤다.

데이트? 내가 오늘 미애랑 한 게 데이트였다고? 정말? 데이트라는 게 정말 이런 거였어?

내가 생각한 데이트와는 너무나도 거리가 있었던 미애와의 만남에 대해 어리둥절해 있는데 봉화의 목소리가 들려왔다.

"세상에! 둘이 너무 잘 어울린다."

봉화가 미애의 휴대폰을 들여다보고 있었다.

"태양이랑? 오늘?"

뒤이어 현정이 목소리도 들려왔다. 어쩐지 내가 무슨 큰 잘못을 저지른 것만 같았다.

솔직히 오늘 난 정말 미애와 데이트한 게 아니라고 소리치고 싶었다.

무슨 데이트가 이래!!

데이트를 했는데 이런 기분이라고?

미애가 휴대폰 속 사진들을 보여 주자 여자애들이 이런저런 이야기를 해 댔다. 남자애들까지 덩달아 축하한다고 했다. 그러다 연극 연습이 끝나갈 즈음에는 미애와 난 우리 반 공식 커플이 되어 있었다.

제8장 보이는 게 다야!

아침에 눈 뜨자 제일 먼저 머리에 든 생각은…… '학교 가기 싫다!'였다. 방학이 아닌 학기 중에도 이런 생각을 한 적이 별로 없다. 그런데 여름 방학에 학교 가기 싫다는 생각을 하게 되다니!

"어휴…… 어쩌다 공개 커플?"

저절로 한숨이 나왔다. 미애와 함께 시청각실로 들어가지 않았다면 달라졌을까? 아니다. 어차피 미애와 따로따로 시청각실로 들어갔어도 미애가 함께 찍은 사진을 보여줬을 테니까. 미애는 대체 왜 우리가 함께 찍은 사진을 아이들에게 막 보여 준 거지?

"아무리 그래도 나한테 물어봤어야 하는 거 아냐?"

그런 생각이 들자 화가 났다. 미애가 일방적으로 고백을 했고, 미애가 일방적으로 먼저 연락을 해 왔고, 미애가 먼저 만나자고 했다. 나는 미애와 사귈지 말지, 미애를 좋아하는지 아닌지, 내 감정조차도 잘 모른다. 연극 연습을 하기 전에 토요일에 점심을 함께 먹고 연극 연습을 가자고 했을 때 나는 그러자고 했다. 아직 미애와 제대로 된 대화조차 해 본 적이 없었기 때문이다. 미애와 대화 한 번 해 본 적 없으면서 무조건 사귈 수 없다고 거절하는 건 정말 아니었기 때문에 거절을 하더라도 최소한 미애와 제대로 된 대화는 해 봐야 한다고 생각했다. 그러나 어제 미애를 만났을 때 미애는 길을 걸을 때도 주변 사람들의 시선을 의식해서인지 대화보다는 걸음걸이나 다른 것들에 더 신경을 썼다. 음식점에 들어가서는 사진 찍기 바빴다. 오락실에서도 역시 대화를 할 시간조차 없었다. 미애가 DDR 펌프에 올라갔을 때부터 사람들이 몰려들었으니까. 그리고 바로 학교에 갔고 바로 공개 커플이라도 된 듯한 분위기가 되어 버렸다.

내 사진을 아이들에게 보여 주며 방긋 웃는 미애의 얼굴에다 대고 우린 절대 그런 사이 아니라고, 큰 소리로 외칠 수는 없었다. 왠지 그렇게 하면 안 될 것 같았다.

"안 되겠어! 더 이상은 무리야."

나는 서둘러 옷을 챙겨 입었다. 여름 방학 동안 토요일, 일요일에만 시청각실에 모여서 연극 연습을 하기로 했다. 오늘을 놓치면 일주일을 기다려야 한다. 오늘이 일요일이라 미애와 따로 약속을 정해서 만나지 않는 한, 다음 주 토요일이 될 때까지 기다려야 하기 때문이다.

나는 오늘은 정말 미애한테 아직 누구를 사귈 마음이 없다고, 분명히 말하겠다고 결심하며 학교로 갔다.

"오~ 우리 반 최고 인기남 오셨습니까?"

"연출과 여배우의 사랑이라는 거냐?"

"이태양, 너무 멋 내고 온 거 아니냐?"

"그녀는 어디 두고 혼자 오신 거?"

시청각실 문을 열고 들어가자마자 아이들이 놀려 대는 소리가 들려왔다. 정말 미애와 내가 사귀는 사이이고, 정말 내가 미애를 좋아한다면 이런 놀림조차 기분 좋을 것 같았다. 그러나…… 나는 기분이 좋지 않았다. 아니, 시간이 흐를수록 기분은 더 나빠졌고, 나중에는 미애의 얼굴을 보는 것조차 언짢아졌다.

벌써 6시가 다 되어가고 있었다. 미애는 가방을 챙기기 시작했다. 혹시라도 미애가 집에 가버릴까 봐 불안했다. 미애는 남이 들어서는 안 되는 이야기라도 하고 있는지 봉화와 귓속말을 하고 있었다.

"저기 미애야……."

내가 다가가자 미애가 활짝 웃으며 뒤돌아봤다.

"와, 이태양 멋지다. 사귄 지 며칠이나 됐다고 벌써 챙겨? 미애야! 나 먼저 갈게. 이태양, 너 알지? 내가 일부러 빠져 주는 거니까 나중에 떡볶이라도 사."

봉화는 잘해 보라며 미애의 어깨까지 두드리고 떠났

다. 떠나 준다는 걸 엄청 강조하며 봉화가 자리를 비웠다.

"할 말이 있는데…… 그게…… ."

나는 머리를 긁적이며 주위를 둘러봤다. 아직 몇몇 아이들이 남아 뒷정리를 하고 있었다. 아무래도 여기서는 무리다, 라는 생각이 들어 나는 미애를 밖으로 데리고 나왔다.

시청각실에서 나와 운동장 옆 한편에 있는 정자로 갔다. 정자 옆에 음료수 자판기로 갔다.

"난 탄산 들어간 건 마시기 싫거든. 그냥 물!"

미애는 내가 묻기도 전에 물을 주문했다. 나는 어어, 얼빠진 것처럼 대답하며 황급히 물을 뽑아 건네줬다.

"태양이 너 은근 낭만 있다? 내가 여기서 고백했으니까 너도 여기서 얘기하려고? 할 말이 뭐야?"

미애는 내가 준 물을 한 모금 마시고는 눈꼬리를 휘며 웃었다. 그 얼굴에 대고 차마 미안하다는 말을 하기 어려웠다.

"……."

"무슨 말인데? 왜 이렇게 뜸을 들여?"

미애가 내 앞으로 한 걸음 바짝 다가와 내 얼굴을 빤히 들여다봤다. 화륵, 얼굴이 달아올랐다. 나도 모르게 시선을 돌렸다. 몇몇의 아이들이 이제 막 시청각실을 빠져나오고 있었다. 더 능장을 부렸다가는 제대로 내 마음을 전하지도 못한 채 또 일주일이 흘러가 버린다. 나는 흡, 숨을 들이마셨다.

"미안해!"

"어? 무슨 말이야?"

내 말에 미애 표정이 차갑게 변했다. 조금 전까지의 웃음기라고는 찾아볼 수조차 없었다.

"미안해. 그리고 날 좋게 생각해 줘서 고마워. 그런데 미애 네 마음을 받아 주기는 힘들 것 같아. 미안…… 해. 사귀는 건 힘들 것 같아."

나는 철봉에 매달려 버틸 때보다도 더 힘을 모았다. 힘을 쥐어짜내 털어놨다. 미안하지만…… 그렇지만 어쩔 수 없었다. 내 마음을 제대로 전하지 못한 채 시간이 흘러가고, 아이들이 오해하는 대로 내버려둔다면 미애에게도 정말 큰 잘못을 하는 걸 거다. 오히려 내 마음을 확실히, 정직하게 밝히는 편이 미애에게도 좋은 걸 거다. 나는 그렇게 생각했다. 그런데 미애는 그렇게 생각하지 않았다.

"안 돼! 절대 안 돼! 우리 반 애들 전부 다 알고 있어. 내가 너한테 고백한 거. 우리 반 애들만 아는 줄 알아? 다른 반 애들도 다 알고 있을걸? 네가 생각하는 것 이상으로 우리 학교에서 나 인기 있어. 이건 진짜 말도 안 돼!"

미애가 하늘을 올려다봤다. 미애 눈가가 붉어지고 있었다. 눈물이 나올 만큼 속상해하는 미애의 모습이라니. 상상조차 해 본 적 없었다. 도대체 무슨 말을 해야 하는지, 어떤 행동을 해야 하는지 도저히 떠오르지도 않아서 나는 아무것도 할 수 없었다. 하늘을 올려다보며 몇 번씩이나 눈을 깜빡이며 눈물을 참으려고 애쓰는 미애의 모습을 지켜보는 것 말고는.

"이건 진짜 말도 안 돼! 내가 고백했다가 차이다니!"

다시 시선을 돌려 미애가 나를 쳐다봤다.

"차이다니? 그런 건 아니야. 누가 누굴 차냐? 난 그저…… 아직 누구를 진지하게 사귈 준비가 되지 않은 것 같아. 그리고 사귈 만큼 미애 너를 좋아하는지 아닌지, 내 감정도 잘 모르겠어. 그뿐이야. 진짜 차였다고 생각하지는 마."

차였다는 말에 나는 당황했다.

"지금 내 생각이나 네 생각이 중요하다고 생각하니? 네가 아무리 아니라고 해도 애들은 다 그렇게 생각해. 내가 이태양에게 고백했다가 차였다고."

미애는 다시 생각해도 어이가 없다는 얼굴로 나를 바라봤다. 뒤이어 미애의 입에서 대체 이 일을 어떻게 책임질 거냐는 말이 이어졌다.

"책임? 거기까지는 생각 못 해 봤는데…… 미애 네가 나한테 고백해 줘서 고맙긴 한데 고백 받으면 꼭 사귀어야 되는 거니?"

나는 정말 이해할 수 없었다. 미애의 생각을 따라잡을 수 없었다. 미애가 내게 고백해 준 일은 고맙게 생각한다. 우리 반, 아니 우리 학교, 아니 어디에 내놓아도 미모에 관해서라면 연예인만큼 예쁘다는 말을 듣는 미애가 나를 좋아한다니! 솔직히 조금 우쭐했던 것도 사실이다. 이렇게 예쁜 애가 나를 좋아할 만큼 나라는 사람, 그렇게 멋진 녀석인 거냐? 혼자 속으로 거들먹거리기도 했다. 그런데 고백 받았다고 책임까지 지라니? 이럴 땐 대체 어떤 책임을 져야 하는 걸까?

"태양아! 제발 부탁할게. 사귀는 척이라도 해 줘!"

미애가 두 손으로 내 손을 붙잡았다. 내 손을 잡은 미애 손이 뜨거웠다.

"사귀는 척? 그게 무슨 소리야?"

나도 모르게 목소리가 높아졌다.

"내가 너한테 고백한 거 애들이 다 알아. 너한테 고백했다가 차였다는 말은 진짜, 진짜, 죽기보다 싫어. 넌 친구도 많고, 자신감도 크니까 내 맘 모를 거야. 너한테는 별거 아니겠지만 난 놀림 받는 거 진짜 싫어! 난 애들이 나 우습게 볼까 봐 정말 무서워. 내가 어떻게 여기까지 왔는데? 태양아! 이렇게 부탁할게. 그냥 애들 앞에서만 사귀는 척 해 줘. 너한테 고백했다가 차였다는 소문 돌면 나 정말 학교 못 다녀!"

결국 미애는 울음을 터트리고 말았다. 울음 섞인 소리로 제발 사귀는 척이라도 해 달라고 부탁하며 자신의 이야기를 털어놓았다.

"아빠도, 엄마도 늘 언니만 신경 썼어. 언니가 백혈병이거든. 늘 약을 먹어야 하고 늘 조심해야 하고. 나도 알아. 언니가 아프니까 부모님이 언니한테 신경을 더 쓰는 건 어쩔 수 없는 일이야. 그래도 나도…… 나도 어떨 때는 아빠, 엄마 관심을 받고 싶었어. 내가 공부를 잘하면 날 봐주실까? 내가 운동을 잘하면 날 봐주실까? 어렸을 땐 뭐든 잘하려고 했어. 그러면 날 봐주실 줄 알고. 그런데 내가 뭐든 잘하면 잘할수록 아빠, 엄마는 똑같은 말만 했어. 우리 미애는 아빠 엄마가 신경 안 써 줘도 알아서

다 잘해 주니까 너무 고맙다고. 미애가 혼자 알아서 다 잘해 주니까 아빠 엄마는 미애 걱정은 안 한다고. 내가 잘하면 잘할수록 아빠 엄마는 언니한테만 더 집중했어. 학부모 참관 수업이 있는 날에도 오시지 않았어. 언니 옆에 있어야 되니까. 내가 학교에서 뭘 배웠는지 어떤 친구랑 친하게 지내는지 우리 부모님은 알려고도 하지 않았어. 그래, 내가 못된 애야. 언니가 아픈데…… 아픈 언니한테 두 분이 신경 쓰는 건 당연한데…… 그래도 가끔은, 정말 가끔은 나도 아빠, 엄마가 필요할 때가 있었어. 태양아! 내가 이상한 거니? 누구라도 아빠, 엄마가 필요할 때가 있는 거잖아?"

미애가 나를 쳐다봤다. 나를 쳐다보는 미애의 두 눈은 열기로 붉어져 있었다. 누구라도 좋으니까 자신의 말에 그렇다고, 네 말이 맞다고, 너는 잘못되지 않았다고 말해 주기를 간절히 바라는 마음이 미애의 두 눈을 붉게 달구고 있었다. 그 눈빛에 담긴 뜨거움이 나를 움직이게 만들었다. 나는 가만히 손을 뻗어 미애의 등을 쓸어내렸다.

그러자 미애는 진정해, 라는 말을 듣기라도 한 것처럼 낮아진 목소리로 다음 말을 이어 나갔다.

"비 오는 날 우산 안 가져왔을 때, 그런 때는 나도 부러웠어. 다른 친구들은 엄마가 가져온 우산을 쓰고 집에 가는데 나는 늘 비 맞고 집에 돌아가야 했어. 비에 홀딱 젖어서 집에 돌아가도 엄마는 수건으로 닦으라면서 곧장 언니 밥을 챙기곤 했어. 만약에 내가 아프면, 내가 정말 큰 병에 걸리면 나도 저렇게 언니처럼 아빠, 엄마 보살핌을 받을 수 있을까? 문득 그런 생각이 들더라. 아프면 나도 언니처럼 관심 받을 수 있을 것 같아서 쓰러지기 직전까지 밥을 안 먹었어. 그러다 진짜 쓰러졌어. 그런데 너무 웃긴 거 있지? 내가 밥을 안 먹고 쓰러진 날, 우리 언니는 중환자실에 실려 간 거야. 우리 부모님은 내가 밥 굶다가 쓰러진 줄도 모르시더라? 언니보다 더 아프려면 불치병에라도 걸려야 되는 거였어. 중환자실에 실려 가려면 언니보다 더 아파야 되는 거야. 그때 알았어. 언니를 제치고 아빠, 엄마 관심 받기는 불가능하다고. 다음

날 학교에 갔어. 그런데 우리 반 애들 모두 나한테 묻더라. 너 좀 예뻐진 것 같다고. 뭐 했냐고. 정말 웃기지 않니?"

미애가 헛웃음을 웃었다. 그랬다. 그 순간, 내가 본 미애의 웃음이 '헛웃음'이라는 것이었다. 입술을 활짝 벌린 채 웃고 있지만 눈에는 웃음기가 전혀 없는 웃음. 그 웃음소리는 지금 여기, 이곳에서 울려 퍼지고 있지만 웃고 있는 자신마저도 즐겁게 만들지 못하는 웃음, 그래서 바라보는 사람의 마음을 아프게 만드는 웃음을 웃으며 미애가 내게 물었다.

"네가 나라면 어땠을까? 너라면 변하지 않았을까? 그렇게 살이 빠지면서 아이들의 관심을 받게 됐어. 내가 뭘 입는지, 뭘 먹는지, 뭘 바르고 어떻게 생활하는지, 내 일상을 궁금해했어. 난 SNS에 사진을 올리기 시작했어. 내가 사진을 올릴 때마다 본 적도 없는 사람들이 '좋아요'를 눌러 주고 칭찬을 해 줬어. 나를 응원해 줬다고! 이젠 아빠 엄마가 언니 곁에만 있어도 상관없어. 나한테 관심 같은 거 주지 않아도 좋아. 이제 나한테는 다른 사람들이 있으니까. 나한테 '좋아요'를 눌러 주고 말 걸어 주고 관심 가져 주는 수많은 사람이 있으니까!"

미애가 눈가에 맺혀있는 눈물을 손등으로 거칠게 훔쳐 닦았다. 그러고는 내 손을 움켜쥐었다.

"태양아! 제발 이렇게 부탁할게. 나, 다시 예전으로 돌아가고 싶지 않아. 너한테 고백했다가 차였다고 놀림 받으면 날 좋아해 주던 사람들이 나를 어떻게 생각하겠어? 제발 사귀는 척이라도 해 줘."

미애가 내게 부탁했다. '제발'이라는 단어까지 사용하며 부탁했다. 내가 아는 미애가 아니었다. 도도하고 누구의 시선에도 기죽지 않는 그 미애는 내 앞에 없었다. 아직 벌어지지 않은 일에도 두려워 벌벌 떠는, 혼자 골방에 갇혀 있는 어린 미애가 내 앞에서 부들부들 떨고 있었다.

"그래도 사귀는 척은 좀…… 내가 잘 설명하면 되지 않을까?"

"안 돼! 애들은 속사정 같은 건 상관도 하지 않는다고! 보이는 게 다야!"

제9장 내 맘은 이게 아닌데

미애의 말이 맞았다. 아이들은 보이는 것만 보았다.

보이는 게 다니까, 그러니까 사귀는 척이라도 해 달라는 미애, 그 부탁을 거절하지 못한 나. 그러므로 우리는 커플이 맞았다. 그렇게 보였으니까. 미애는 우리 반 아이들이 모두 모여 있는 단체 메신저 방에서도 내게 계속 말을 걸었다. 내가 대답을 하지 않으면 호출을 하기도 했다. 미애가 나를 호출하면 아이들은 난리가 났다. 일주일 내내 단체 메신저 방에서 미애의 남자 친구 역할을 톡톡히 해야만 했다. 미애의 부탁을 거절하지 못했기 때문이다.

그리고 오늘 다시 일주일이 흘러 토요일이 되었고, 연극 연습을 하기 위해 반 아이들 모두 시청각실에 모였다. 연출을 맡은 나는 할 일이 많았다. 배우들의 대사에서부터 무대 소품과 의상, 배경 화면까지 신경 쓸 일이 많았다.

"배경 화면들 좀 모아 왔는데 한번 봐 줄래?"

현정이가 노트북을 들고 왔다. 현정이가 여러 장의 슬라이드를 보여 줬다. 장소가 바뀔 때마다 무대 뒤에 띄우는 슬라이드로 배경을 바꾸기로 했는데 오늘 배경 화면을 결정해야 하기 때문이다.

"다 좋은데? 특히 결혼식장 화면은 정말 좋은데? 교회야?"

내가 물었다.

"응. 아무래도 그 시기에는 교회에서 결혼식을 했을 것 같아서. 이 스테인드글라스로 처리된 부분이 진짜 멋있지?"

현정이 말에 나는 고개를 끄덕였다. 현정이와 무대 배경으로 쓸 사진들을 고르는데 미애가 다가왔다.

"무슨 얘기 중? 어머, 이 사진들 다 뭐야? 너무 예쁘다? 배경이야? 나도 볼래."

미애가 내 옆에 앉으며 노트북을 바짝 끌어당겼다. 미애와 내가 노트북을 함께 보는 형태가 되고 현정이는 뒤로 밀려난 꼴이 되어 버렸다. 미애가 결혼식장의 배경으로 쓸 교회 사진이라든가 몇 개의 사진들을 더 골랐다. 현정이의 입매가 굳어졌다.

"미애야! 소품이랑 의상, 무대 담당인 현정이가 고르는 게 맞는 것 같은데?"

내 말에 미애가 입술을 삐죽 내밀었다.

"난 너 도와주려고 했지. 아이, 미워~~."

미애가 손가락 끝으로 내 어깨를 톡톡 찔렀다. 뒤이어 뒤쪽에서 우우우~~ 닭살 커플, 등등의 말들이 들려왔다. 미애가 무슨 행동을 하든, 무슨 말을 하든 미애와 내가 붙어 있기라도 하면 아이들은 웃으며 놀려 댔다.

"아니야. 의견은 얼마든지 환영! 그럼, 미애랑 사진들 좀 골라 봐. 난 의상 손볼 게 좀 있어서."

현정이가 노트북을 아예 우리쪽으로 돌려 주고는 그 대로 자리를 떴다. 미애가 노트북을 끌어당기며 내 쪽으로 어깨를 기울였다. 아마도 뒤쪽에서 보면 미애와 내가 바짝 붙어 있는 것으로 보일 게 뻔했다. 보이는 게 다야, 라는 말을 곱씹으며 나는 현정이를 쳐다봤다. 순간 눈이 마주친 것도 같았는데 현정이 너무나도 재빨리 시선을 돌려 잘못 본 것인지도 몰랐다.

그렇게 하루 종일 '보이는 게 다야!'라는 말을 곱씹는 사이에 하루가 지나고 다시 일요일이 됐다.

오늘도 사귀는 척을 해야 하다니!

오늘도 미애는 내가 아이들과 이야기하고 있으면 보란 듯이 내 옆에 올까?

언제까지 이런 식으로 지내야 하는 거지?

이런저런 생각을 하는 사이에 시청각실 앞에 도착했다. 문을 열고 들어갔더니 명랑이 목소리가 들려왔다.

"도대체 누구야? 여기 또 있네?"

명랑이가 운동장 쪽으로 나 있는 창문을 가리켰다. 창문에 하트가 그려져 있었다. 하트 안에는 명랑이 이름이 씌어 있었다.

"어제부터 진짜 뭐지? 이 하트가 도서관에도 있었어. 도서관에서 여기 시청각실로 이어지는 복도에도 이 하트가 있었어. 그리고 여기! 여기도 이 하트가 있어! 도대체 누구냐고?"

명랑이 하트를 가리키며 울먹거렸다. 유리창에 물을 묻혀 그린 하트 속에 명랑이 이름이 채워져 있었다.

"우와! 사랑 고백이냐?"

"오오오! 명랑이도 드디어 커플이 되는 거냐?"

"로맨틱하다!"

"부럽다, 부러워."

반 아이들이 유리창에 그려진 하트 앞에 모여 웅성거렸다. 아이들의 반응은 대부분 부럽다, 좋겠다, 로맨틱하다는 식이었다. 그러나 정작 하트의 주인공인 명랑이는 기쁜 표정이 아니었다. 오히려 화가 났다는 표현이 적당할 정도로 울상을 하고 있었다.

"부럽긴 뭐가? 날 진짜 좋아한다면 이런 식은 아니지. 왜 당당하게 내 앞에서 제대로 얘기 못 해? 이게 뭐야? 무슨 수수께끼야? 어휴, 난 이런 식으로 장난하는 애는 진짜 싫어! 앞에 나서서 제대로 얘기도 못 하는 애라면 정말 싫어."

명랑이는 창가로 바짝 붙어 서더니 유리창에 그려져 있는 하트를 손으로 벅벅 지웠다. 누군가 창문에 물을 묻혀 그려 넣었던 하트가 명랑이 손끝에서 뿌옇게 지워져 버렸다.

순간, 나는 영웅을 바라봤다. 영웅은 한마디도 하지 않았는데 으윽, 비명 소리를 들은 것만 같았다. 현정이도, 우진이도 영웅을 보고 있었다. 다들 같은 생각을 하는 듯했다. 말하지 않았지만 어쩌다 일이 이렇게 되어 버렸을까, 안타까워하고 있었다.

연극 연습 내내 영웅은 한마디도 하지 않았다. 어깨를 축 늘어뜨린 채 우두커니 창밖만 바라봤다. 그 바람에 대사도 자주 까먹고 연기도 엉망이었다. 영웅이 대사를 까먹거나 감정 몰입을 하지 못할 때마다 무대 아래서 지켜보고 있던 명랑이 한숨을 내쉬었다.

"어휴. 황영웅 대체 왜 저러는 거야? 집에서 연습을 하기는 하는 거야? 자기가 주인공이라는 생각은 하는 걸까? 공연하는 날에도 저러는 거 아냐?"

명랑이 내게 걱정을 쏟아냈다. 나는 어떻게든 명랑이를 안심시키려고 애썼다. 명랑이가 영웅이에 대해 안 좋은 감정을 갖게 될까 봐 어떻게든 영웅의 연기를 끌어올리려고 애썼다. 그러나 영웅은 완전히 패닉 상태였다. 나는 잠시 휴식 시간을 갖기로 했다.

"나, 어쩌면 좋냐? 장난친 거 진짜 아닌데?"

시청각실 밖으로 나오자마자 영웅이 고개를 숙인 채 울먹였다.

"명랑이가 좋아할 줄 알았어. 그렇게 생각할 줄은 정

말 몰랐다고! 명랑이가 자주 가는 곳에 하트를 그렸어.
왜? 명랑이 기분 좋아지라고. 장난친다고 오해할 거라고
는 진짜 생각도 못 했지."

영웅은 정말 이해할 수 없다는 표정으로 우리를 쳐다
봤다.

나도 현정이도 우진이도 답답하기는 마찬가지였다.
어떻게든 영웅이 명랑이에게 고백할 수 있도록 도와주
고 싶었는데, 고백도 해보기 전에 일이 틀어져 버리고 말
았다.

"그런데 영웅아, 당연한 거 아닐까? 넌 네 생각이 있고
명랑이는 명랑이 생각이 있겠지? 네가 좋아하는 것과 명
랑이가 좋아하는 건 다를 수 있잖아. 네가 좋아하는 건
명랑이도 꼭 좋아해야 하는 거냐?"

우진이 영웅이에게 물었다.

"그건 아니지. 내가 좋아하는 거랑 명랑이가 좋아하는
거랑 다를 수도 있지."

"그렇지? 그러니까 생각도 다를 수 있는 거야. 나도 처

음에 내 여친이랑 사귈 때 오해 많이 했어. 난 그런 생각이 아니었는데 내 여친은 다르게 받아들이고 그런 일들도 많았어. 그래도 우리 벌써 일 년 가까이 만나고 있는데?"

우진이 영웅의 어깨를 토닥이며 말을 이어 나갔다. 일 년 가까이 여자 친구를 사귀면서 이런저런 일들이 있었다. 처음엔 여자 친구가 다른 남자애와 이야기를 하거나 웃기만 해도 이상하게 화가 났다. 그런 일로 토라지기도 했고 화를 내기도 했다. 또 여자 친구는 주말에 내가 친구들과 게임을 하면 화를 내기도 했다. 주말에 만나려고 잔뜩 기대하고 있었는데 게임하느라 만나지 못한다는 건 이해할 수 없다면서 화를 내는 여자 친구와 그 정도도 이해 못 해 주냐고 화를 내며 싸우기도 했다. 좋아서 만났지만 좋아하는 감정만 앞세우다 보니 좋아하면서 이런 것도 이해를 못 해 주냐, 좋아한다면서 이런 것도 못 해 주냐, 바라는 점들이 많아졌다. 나중엔 여자 친구가 원하는 대로 맞춰 주다 지치기도 했다. 여친도 나한테 맞추다 지쳤다고 했다. 좋아하니까 무조건 참고 맞춰 주려고 했지만, 그것도 결국 우리 사이를 힘들게 했을 뿐이다. 그렇게 일 년 가까이 여친과 싸우고 화해하면서 알게 된 것들이 있다. 그때는 몰랐는데 지금은 알게 된 것들이 너무 많다.

우진이 여친과 있었던 일들을 이야기하며 미소지었다.

"난 내 여친한테 정말 고마워. 이렇게 많은 것들을 알게 해 줬으니까. 함께 하면서 자꾸자꾸 배워 가는 게 많은 것 같아. 영웅이 너, 명랑이 좋아한다면서? 그럼 명랑이한테 네 감정을 일방적으로 강요하는 것보다 명랑이를 알아 가는 게 먼저 아닐까?"

우진의 말이 끝나자마자 영웅이 우진을 와락 끌어안았다.

"이우진! 넌 멋지다! 오늘부터 너를 나의 연애 스승님으로 모신다! 스승님! 오늘은 제가 빵 쏩니다! 그래! 명랑인 누가 장난쳤다고 생각할 수도 있어. 그런데 진짜 고백 어떻게 하지? 공연하기 전에 명랑이한테 고백해야 되는데……. 우리 학교 전설이라며? 공연 전까지 꼭 명랑이랑 커플이 되고 말겠어! 안 그랬다가 봉화랑 사귀게 되면 어떡하냐고!"

영웅이 절규하며 자리를 박차고 뛰쳐나갔다. 어떻게든 명랑이한테 고백하고 말겠다며 다시 시청각실로 뛰어 들어가는 영웅의 뒷모습은 정말이지 절박해 보였다.

"영웅이 정말 어쩌냐. 고백하기도 전에 벌써 저렇게 걱정이 많으니…… 태양이 넌 좋겠다? 넌 네가 고백도 안 했는데 미애같이 예쁜 여자 친구가 생겼으니까."

우진이 나를 보며 씩 웃었다. 부러워 죽겠다는 표정으로 말이다. 순간 옆에 있던 현정이 시선을 돌렸다. 현정은 내 쪽은 보지도 않고 발끝을 내려다보며 무슨 말인가를 웅얼거리다 등을 돌렸다. 그러고는 내가 무슨 말을 한 거냐고 묻기도 전에 영웅을 따라가 버렸다.

내 맘은 이게 아닌데…….

현정의 뒷모습이 유난히 냉랭해 보여서 나는 선뜻 그 뒤를 따라갈 수 없었다.

제10장 여름 캠프의 시작

일주일 내내 마음이 불편했다. 무얼 해도 즐겁지 않았다. 먹기 싫은 음식을 억지로 꾸역꾸역 먹고 난 뒤에 느끼는 불쾌함이랄까? 딱히 이거다, 라고 말하기 힘들지만 분명한 건 내 마음이 힘들다는 거다.

연극 캠프에 도착할 때까지 몇 시간이나 차를 타야 하는 거지?

버스에 타면 미애와 계속 같은 자리에 앉아 있어야 하나?

이태양 너, 진짜 1박 2일 동안 미애가 하자는 대로 다

할 거냐?

학교로 가는 버스 안에서도, 버스에서 내려 학교로 걸어가는 동안에도 내 머릿속은 복잡했다. 여름 방학 시작 전만 해도 이런 고민을 하며 여름 방학을 몽땅 날려 버리게 될 줄은 정말 몰랐다.

어쩌다 이렇게 되어 버렸는지, 어떻게 이 상황에서 벗어날 수 있는지, 답을 찾지도 못했는데 벌써 교문 앞이었다. 교문 안쪽으로 발을 들여놓자마자 내 이름을 부르는 소리가 들려왔다.

"태양아아~!"

관광버스 앞에서 미애가 손을 흔들었다.

"이태양! 이태양! 이태양! 여기야, 여기! 야! 빨리 와! 빨리!"

미애 옆의 봉화는 정말이지 우리 반 최고 빅 마우스답게 큰 소리로 내 이름을 불러 댔다. 그것도 몇 번씩이나. 봉화의 우렁찬 목소리에 아이들의 시선이 일제히 나를 향했다. 한 걸음 한 걸음 미애와의 거리가 좁혀질수록 나는 긴장했다. 미애 뒤에 서 있는 현정이의 시선이 신경 쓰여서 미애를 제대로 쳐다보기도 힘들었다. 마침내 미애 앞에 서고, 미애 뒤에 서 있던 현정이가 후다닥 관광 버스 위로 올라가 버렸을 때는 잔뜩 부풀어 오른 풍선이 내 귀 바로 옆에서 펑, 소리를 내며 터지는 것만 같았다.

"좀 일찍 오지……."

미애가 입술을 뾰로통하게 내밀며 내 팔을 잡아끌었다. 곧장 관광버스로 훌쩍 올라섰다. 나는 미애에게 팔을 붙잡힌 채로 끌려가듯 버스에 타야만 했다. 뒤쪽에서 봉화의 목소리가 들려왔다.

"너희들 뭐야! 드디어 시작인 거니? 아잉~ 남친과의 여름 캠프!!! 넘 부럽당~."

어떤 표정으로 어떤 몸짓으로 봉화가 저런 말을 내뱉고 있을지 안 봐도 너무너무 상상이 됐다. 나는 봉화 쪽을 보지 않으려고 얼른 버스에 올라탔다.

"태양인 연출이니까 앞자리에 앉아야겠지?"

미애는 언제나처럼 내 대답은 필요로 하지 않는 질문

을 던지고는 곧장 버스 기사 아저씨 바로 뒷자리에 가서 앉았다. 그러고는 빨리 옆에 앉으라는 표정으로 나를 올려다봤다. 말 한마디 하지 않았지만 나를 올려다보는 미애의 눈빛은 절박했다.

제발…… 제발…… 옆자리에 앉아 줘.

그 얼굴에 대고 나는 차마 '연출이니까…… 난 작가와 소품 담당이랑 가면서 할 얘기가 많은데……' 따위의 말을 꺼낼 수가 없었다. 물론 내 입에서 그런 말들이 튀어나왔어도 미애가 뒷자리로 자리를 옮기는 일은 없었을 거다.

미애와 내가 자리에 앉자마자 명랑이가 황영웅을 끌고 올라왔다.

"넌 오늘 도착할 때까지 특훈이야!"

명랑이가 영웅이를 창가 쪽 자리에 던지듯 밀어 넣었다. 영웅을 앉히느라 아주 잠깐 명랑이 손이 영웅의 가슴에 닿았다 떨어졌는데 그 순간 영웅의 얼굴이 여름 해보다 더 붉어졌다. 사람의 얼굴이 저토록 붉어질 수도 있는 건가, 걱정될 만큼 빨개진 얼굴로 영웅은 물었다.

"그, 그러니까 그 특훈…… 명랑이 네가 직접 해 주는 거냐?"

영웅의 말에 영웅이 뒷자리에 앉아 있던 현정이가 정말이지 부끄러운 이야기를 들었다는 듯이 얼굴을 붉혔다. 나도 덩달아 부끄러워졌다. 이런 우리의 마음을 전혀 알 리 없는 명랑이는 그 어느 때보다도 진지한 얼굴로 영웅을 노려봤다.

"물론! 너의 그 형편없는 연기로도 로렌스다운 로렌스가 될 때까지 내가 직접 너를 굴려 주지!"

명랑이가 영웅이를 내려다보며 기합을 잔뜩 넣었다. 그러자 영웅은 당장 영혼이라도 팔 것 같은 표정으로 명랑이를 올려다봤다. 아무래도 명랑이가 그 언젠가 세게, 그러니까 더 없이 박력 있게 코를 팽~ 푼 날 사랑에 빠졌던 것처럼 영웅은 다시 또 명랑이의 매력에 사로잡혀 버린 듯했다.

그럭저럭 아이들이 버스에 자리를 잡고 드디어 관광

버스의 바퀴가 굴러가기 시작했다. 다들 들뜬 기분으로 우리가 도착하게 될 곳에 대한 이야기를 하거나 창밖을 내다봤다.

나는 창밖을 바라보며 연극캠프 1박 2일의 일정을 생각했다. 옆자리에서 명랑이의 한껏 고조된 목소리와 어딘지 붕 떠 있는 것 같은 영웅의 목소리가 계속해서 들려왔다.

"다시! 다시! 황영웅! 넌 지금 연기를 하고 있잖아! 그것도 억지로! 연극을 보러 오는 사람들은 다 알고 있어. 이건 가짜다. 진짜가 아니다. 그런데 생각해 봐. 가짜란 걸 알면서도 왜 보러 오는 걸까?"

명랑이 묻자 영웅은 그야말로 빛의 속도로 대답했다.

"봐야 되니까! 보라고 하니까!"

"뭐라고? 너 지금까지 그런 생각으로 연습한 거야? 주인공이 이런 생각을 하면서 억지로 연기를 하는데 관객이 네 연기를 좋아하겠니? 어휴! 진짜 어쩜 좋아?"

명랑의 목소리에 걱정이 잔뜩 묻어 있었다.

"다들 억지로 보러 오는 거 아냐? 누가 좋아서 연극 보냐? 축제 때 봐야 된다니까 억지로 보는 거지. 나만 그런 거 아닌데…… 남자애들 다 그런데……."

말끝을 흐리는 영웅의 목소리 뒤로 명랑이의 말이 이어졌다.

"그건 영웅이 네가 아직 한 번도 제대로 된 연극을 본 적이 없어서 그런 것 같아. 많은 사람들이 연극을 보러 가는 이유가 있어. 그 이유야 물론 다들 다르겠지. 그렇지만 연극을 보는 그 순간만큼은 배우들의 연기를 보면서 그들이 연기해내는 감정에 공감하게 돼. 다른 시대에 살았던 사람들의 삶이나 문화를 이해하게 되고, 비록 얼마 안 되는 짧은 시간이지만 일상에서 벗어나 잠시나마 휴식을 취하는 거야. 영웅아! 너 혹시 학교 축제 때 말고 돈 내고 연극 본 적 있니?"

"돈 내고? 없는데?"

"어휴, 진짜! 야! 황영웅, 넌 캠프 끝나면 나랑 당장 연극 보러 간닷! 알겠지?"

명랑의 목소리에 박력이 흘러넘쳤다. 나는 목을 길게 빼고 황영웅을 쳐다봤다. 역시 내 예상대로 영웅은 영혼이 전부 털린 듯한 눈으로 명랑이를 우러러보고 있었다. 명랑이의 박력 있는 모습에 영웅은 다시 또 명랑이에게 반한 듯했다.

"대답?"

명랑이 대답을 강요하자 영웅은 사귀자는 말이라도 들은 것처럼 황홀한 표정으로 세차게 고개를 끄덕였다.

그 뒤로도 목적지에 도착할 때까지 황영웅의 엉뚱한 대답에 명랑이의 한숨과 연기 지도는 계속 이어졌다.

어느새 우리를 태운 버스가 크르릉, 길게 몸을 떨며 시동을 껐다. 우리는 누가 먼저랄 것도 없이 모두 함성을 내지르며 자리에서 일어섰다. 아직 버스 문이 열리지도 않았는데 앞자리로 달려 나오는 아이들도 있었다. 그러나 들뜬 함성 사이로 어디에선가 "뭐야, 여기?"라는 투덜거림이 들려왔다. 분명 한여름이 맞는데 갑자기 오소소

소름이 돋아 오르며 추위가 느껴졌다. 나는 스산한 예감을 느끼며 잽싸게 뛰어내렸다.

눈앞에 아주 커다랗고 아주 낡고 아주 아주 예스러운 서체의 간판이 보였다.

응당리 마을회관!

마을회관? 설마 이 마을회관에서 캠프를 하는 건 아니겠지?

나는 설마 하며 눈을 부릅떴다.

오래된 1층짜리 건물 옥상 위에 태극기가 휘날리고 있었다. 태극기 아래 삐딱하게 매달려 있는 낡은 간판에는 분명 '마을회관'이라고 쓰여있었다. 그러나 군데군데 떨어져 나간 벽타일이라든가 유리가 깨어져 나간 자리에 누런색 박스 테이프로 비닐을 고정해 놓은 창문들 때문에 멀쩡한 건물로는 보이지 않았다. 아마도 창고를 개조해 놓은 듯했다. 아무리 창고를 개조했다지만 이건 너무

심하다고 생각하며 정말 마을회관이 맞는지, 다시 한번 간판을 쳐다보는데 담임선생님이 국자를 쥔 채로 뛰쳐나왔다.

"환영한다, 제군들! 드디어 오늘! 바로 이 시간! 우리는 물의 정령 온딘이 되기 위해 이곳에 모였다. 가자! 우리의 꿈을 위하여!"

담임선생님이 국자를 하늘 높이 들어 올렸다. 국자를 무슨 깃발처럼 흔들며 마을회관 안으로 달려들어 갔다. 그러나 우리 중 누구도 그 뒤를 따라 달려들어 간 사람은 없었다.

잔뜩 기대했는데 이게 뭐냐…… 이런 곳에서 어떻게 자라는 거냐…… 와 같은 불평과 투덜거림이 먼지처럼 우리의 머리를 떠다니다 실망으로 변해 발등 위로 떨어져 내렸다.

과연 제대로 된 연습을 할 수나 있는 걸까?

당장 떨어져 내려도 이상할 것 없는 낡은 간판만큼이나 가라앉은 분위기에 시작도 하기 전에 걱정이 앞섰다.

"전원 식당으로 집합! 늦게 오는 녀석은 국물도 없닷!"

마을회관 안쪽에서 담임선생님의 목소리가 들려왔다.

그제야 아이들은 응당리 마을회관을 향해 발걸음을 옮

기기 시작했다. 여름 캠프의 시작이었다.

제11장 비겁하다 욕해도 좋아!

"응당 있어야 할 것들이 있어야 할 곳에 있는 곳! 그곳이야말로 내 고향 응당리! 1학년 1반, 나의 온딘들이여! 응당리에서 첫 식사 할 준비가 됐는가?"

담임선생님이 국자를 꼭 쥔 채 비장한 눈빛으로 우리를 휘둘러봤다. 우리는 모두 숨을 죽였다. 그도 그럴 것이 우리의 첫 식사를 준비한 사람이 바로 우리의 담임선생님이기 때문이다. 왠지 우리 담임선생님이 준비한 식사에는 응당 있어야 할 재료들이 안 들어갔거나 너무 들어갔을 것 같았다. 응당 느껴져야 할 맛이 안 느껴질 것만 같았다.

"선생님! 질문 있습니닷!"

우리의 황영웅이 담임선생님 말투를 흉내 내며 번쩍 손을 들었다. 담임선생님의 한쪽 눈썹이 눈에 띄게 위로 솟구쳤다. 뭐냐, 는 뜻이었지만 황영웅은 신경도 쓰지 않았다.

"대체 그 첫 식사가 뭡니까?"

영웅의 질문에 우리 모두 눈을 빛냈다. 솔직히 정말 궁금했다.

"중학생이 되어 처음 맞이하는 여름 방학! 그 여름 방학에 처음 참여하는 여름캠프! 그 여름 캠프에서의 첫 식사는? 응당! 떡볶이지~~."

떡볶이 소리에 모두 식당 안으로 뛰어 들어갔다. 식당은 낡고 허름했지만 예상과 달리 먼지 하나 없이 깨끗했다. 테이블 위에 차려져 있는 떡볶이 역시 진짜 떡볶이였다.

"맛있잖아?"

"웬일?"

담임선생님이 직접 만들었다는 떡볶이는 나의 예상과 달리 응당 느껴져야 할 맛이 느껴졌다. 나도 모르게 젓가락질이 빨라졌다. 아침도 못 먹고 출발한 데다 옆자리의 미애가 신경 쓰여 간식도 못 먹어서 그랬는지 떡볶이를 먹자마자 너무너무 배가 고팠다. 정신을 차려보니 어느새 내 몫의 떡볶이를 다 해치우고 앞자리에 앉아 있던 현정이 떡볶이에 젓가락을 가져다 대고 있었다.

뭐냐, 나?

나는 현정이 접시에 젓가락을 들이대다 말고 얼른 거둬들였다.

"그냥 이것도 너 다 먹어."

현정이가 내 접시에 삶은 달걀을 덜어 줬다. 언젠가 현정이가 했던 말이 떠올랐다. 다른 건 몰라도 떡볶이나 냉면에 들어 있는 삶은 달걀은 절대로 양보 못 한다고.

그럼 설마 지금 현정이 너, 나한테 그 엄청난 달걀을 양보한 거냐? 대체 왜?

나는 현정의 표정을 살폈다. 왜 내 떡볶이에 손을 대냐고 화를 내기는커녕 절대로 양보 못 한다는, 아니 양보 안 한다는 삶은 달걀을 나에게 준 이유가 뭔지 너무너무 궁금했다.

"태양이 너 달걀 안 먹을 거야? 그럼 내가 먹을까?"

옆에 앉아 있던 미애가 삶은 달걀으로 손을 뻗었다. 나는 미애한테 뺏길까 봐 삶은 달걀을 통째로 입에 넣고 삼켰다. 켁, 목이 막혔지만 목 뒤로 넘어가는 삶은 달걀의 맛은 최고였다.

숨이 막혀 켁켁거리자 미애가 천천히 먹으라며 내 등을 두드렸다. 그러자 현정이가 벌떡 일어섰다. 다 먹었다면서 빈 접시를 들어 올렸다. 나도 따라 일어서고 싶었다. 그러나 미애가 나를 잡아끌었다. 미애는 현정의 뒷모습과 현정의 뒷모습을 쫓는 내 시선을 번갈아 바라봤다. 할 수 없이 나는 살짝 들어 올렸던 엉덩이를 다시 의자에 내려놨다. 현정이 식당을 빠져나가고도 한참이 지나서야 미애에게서 풀려날 수 있었다.

미애에게서 풀려나자마자 마을회관을 빠져나왔다. 담임선생님은 본격적인 연극 연습을 시작하기 전에 한 시간 정도 마을을 둘러보라며 자유시간을 주셨는데, 그 귀한 자유시간을 나는 온통 고민하는데 써야 했다.

대체 언제까지 미애 남자 친구인 척해야 해?

왜 미애와 있을 때마다 현정이 눈치가 보이는 거지?

현정이는 왜 내게 삶은 달걀을 준 거지? 진짜 아무한테도 안 주는 삶은 달걀을 나한테 준 거 맞아? 그냥 실수였나? 아니면 설마?

설마…… 현정이가 날 좋아하는 거?

이런저런 생각을 하다 보니 마을회관에서 꽤 떨어진 곳에까지 와 버렸다. 더 멀리 가면 안 되겠다 싶어서 돌아가려고 발을 돌렸다. 그때였다. 저쪽에서 익숙한 목소리가 들려왔다. 황영웅이었다.

영웅이 나무와 말을 하고 있었다.

"오! 신이여! 길을 잃고 헤매는 제게 악마를 보내어 시험하시나이까? 내 눈앞의 아름다운 존재여! 당신은 인간입니까? 신이 나를 시험하려고 보낸 악마입니까? 오, 아름다운 이여! 내게 당신의 음성을 들려주오. 으으으! 안 돼, 안 돼! 감정이 안 잡히는 걸 대체 어떡하라고! 어휴…… 길을 잃고 헤매다 숲속에서 아름다운 온딘을 만난 로렌스는 자신의 눈을 의심한다? 도시에서도 본 적 없는 미녀였기 때문이다? 로렌스는 첫눈에 온딘에게 반해 사랑을 고백한다? 진짜 미치겠네. 봉화를 상대로 어떻게 이런 감정을 잡으라는 거냐?"

영웅이 나무에게 화를 내고 있었다. 나무에게 손을 뻗었다가 미소지었다가 화를 내는 영웅의 모습이 너무 진지해서 나는 차마 아는 척을 할 수 없었다. 버스에서의 명랑이의 특훈 때문인지 영웅은 그 어느 때보다 진지하게 연습을 하고 있었다. 누군가를 좋아한다는 건 정말 대단하다는 생각이 들었다. 영웅이처럼 먹는 것밖에는 관심 없는 남자를 진지하게 연습에 임하게 하는 힘이야말로 사랑의 힘이 아닐까? 과연 사랑은 대단하구나, 생각하며 발길을 돌렸다.

"영웅아! 명랑이라고 생각하고 해 보면 어때?"

더운 공기를 가르며 듣기 좋은 음성이 들려왔다. 현정이었다. 산책하다 왔는지 이마에 땀방울이 맺혀 있었다. 손등으로 땀을 훔치며 영웅에게 말을 건네는 현정이 얼굴이…… 예뻤다. 햇빛 아래 서서 밝게 웃고 있는 현정이 모습은 예쁘다는 말밖에는 다른 어떤 단어로도 설명할 수 없었다. 그렇구나, 현정이가 예뻤구나, 생각하자 두근, 심장이 뛰었다.

나도 모르게 나무 뒤로 몸을 숨겼다.

저만치에서 현정이와 영웅이가 나누는 이야기가 잔잔하게 들려왔다. 영웅은 정말 명랑이가 원하는 연기를 해 보이고 싶지만 잘되지 않는다며 속상해했고, 현정이는 그런 영웅이를 위로하고 격려했다. 함께 대본을 보면서 연습을 하는 듯하더니 갑자기 현정이 입에서 내 이름이 튀어나왔다.

"요즘 왠지 태양이가 나한테 선을 긋는 것 같아. 미애랑 사귀니까 어쩔 수 없기는 하겠지. 그래도 왜 자꾸 서운해지는 걸까?"

영웅이 뭐라고 대답하는 듯했지만 아이들의 발소리가 들려와서 더는 듣지 못하고 발길을 돌려야 했다. 마을 회관으로 들어서자마자 기다렸다는 듯이 미애가 내 옆으로 와서 섰다. 연극 연습이 시작된 뒤로도 미애는 내 옆에 자리를 잡고 앉았다. 그 옆에서 나는 자꾸 딴생각을 했다. 서운해진다고 말했을 때 현정이는 어떤 표정을 하고 있었는지, 왜 내게 서운함을 느끼는 건지, 정말 나를 좋아하기 때문에 내게 서운함을 느끼는 것은 아닌지……. 엉뚱한 생각이 머리를 꽉 채워 나는 좀처럼 연극 연습에 집중할 수가 없었다.

"영웅아! 우린 이 아래서 네가 느끼는 감정을! 네가 연기해내는 감정을 우리도 똑같이 느끼고 싶은 거라고. 지금 넌 세상에서 가장 아름다운 여인과 마주쳤어. 그리고 그 여인에게 첫눈에 반한 거라고. 제발 한 번만이라도 로렌스의 감정을 느껴 봐."

명랑이 무대 위의 영웅을 향해 소리 질렀다. 영웅이

흡, 크게 숨을 들이마셨다. 성큼성큼 무대 중앙으로 걸어와 명랑이를 내려다봤다. 너무 쳐다보는 거 아니야, 싶을 정도로 꽤 오래 명랑이의 눈을 들여다봤다. 결심한 듯, 영웅이 입을 열었다.

"오! 신이여! 길을 잃고 헤매는 제게 악마를 보내어 시험하시나이까? 내 눈앞의 아름다운 존재여! 당신은 정녕 인간입니까? 신이 나를 시험하려고 보낸 악마입니까? 오, 아름다운 이여! 내게 당신의 음성을 들려주오."

영웅이 무대 아래 객석에 앉아 있는 명랑을 향해 손을 뻗었다. 지금까지 한 번도 볼 수 없던 모습에 지켜보던 이들 모두 숨을 죽였다. 영웅의 얼굴에서 장난기가 걷히고 이제 막 사랑에 빠진 젊은 기사 로렌스가 거기 있었다. 명랑이 얼굴이 빨개졌다.

"야! 황영웅! 나를 보고 해야지. 내가 온딘인데 왜 엉뚱한 곳에 대고 손을 내밀어! 다시 해, 다시."

영웅의 대사가 끝나기를 기다리고 있던 봉화가 펄쩍 뛰며 영웅이 앞으로 달려왔다. 영웅은 흡, 크게 숨을 들이마셨다. 봉화를 향해 돌아섰다.

"오! 신이여! 길을 잃고 헤매는 제게 악마를 보내어 시험하시나이까? 내 눈앞의 아, 아, 아름다운 존재여! 당신은 정녕 인간입니까? 신이 나를 시험하려고 보낸 악마입니까? 오, 아, 아, 름다운 이여! 내게 당신의 음성을 들려주오."

봉화를 향해 돌아선 영웅은 다시 대사를 더듬거렸다. 심지어 까먹기도 일쑤였다. 연습 내내 나는 "다시 해!"를 몇 번씩이나 외쳐야 했다. 급기야 여기저기서 아까 명랑이 쳐다보면서 할 때처럼 해 봐라, 라는 야유가 쏟아지기까지 했다. 그리고 그때마다 명랑이는 전기의자에 앉은 사람처럼 깜짝 놀라며 시선을 돌리곤 했다.

"다들 식당 앞으로! 저녁은 여름 캠프에 응당 있어야 할 바로 그 메뉴! 응당리 채소로만 만든 카레닷!"

담임선생님이 저녁 식사를 알리자마자 다들 워워워 굶주린 몬스터들이나 낼 법한 소리를 질러 대며 식당으로 달려갔다. 옆으로는 미애와 봉화, 앞으로는 현정이와 영웅이와 명랑이가 앉았다. 식사 내내 명랑이와 영웅이 그리고 봉화는 연기에 대해 이야기하느라 딴 세상에 가 있는 듯했다. 미애는 카레에 담긴 당근을 골라 내 그릇으로 옮겼고, 먹기 싫은 걸 먹어 주는 게 사랑이래, 와 같은 말들을 아무렇지 않게 내뱉었다. 앞에 앉은 현정이는 그때마다 미소를 지었지만 어쩐지 뚱해 보였다.

왜 자꾸 서운해지는 걸까……

낮에 들었던 현정의 목소리가 카레 위로 둥둥 떠다니는 것만 같아서 나는 제대로 카레를 삼킬 수 없었다.

"다들 마을회관 앞으로 집합! 여름 캠프에 빠질 수 없는 게 있지. 바로 피구닷!"

여름 캠프와 피구, 연극과 피구. 대체 무슨 상관이 있는 건지 알 수 없었다. 하지만 구태여 묻지 않았다. 담임 선생님한테 물어봤자 엉뚱한 대답만 듣게 될 테니까.

한밤의 피구를 위해 편을 나눴다. 편을 나누기도 전에

미애는 벌써 내 옆에 와서 팔짱을 꼈다.

"난 태양이랑 한 편! 괜찮지?"

미애의 말에 아무도 반대하지 않았다. 커플이 한 팀이 되는 것에 대해서 딱히 불만을 가질 필요조차 없다고 생각하는 듯했다. 어쩌다 보니, 미애와 한 팀이 되고 현정이와는 다른 팀이 되었다.

나는 반대편에 서 있는 현정이를 바라봤다. 현정이 얼굴이 파랗게 질려 있었다.

'세상에서 제일 무서운 거? 난 피구! 공 날아오는 소리만 들려도 너무 무서워. 차라리 빨리 공 맞고 나가 버리고 싶은데 무서우니까 나도 모르게 필사적으로 피하게 돼. 진짜 싫은 게 뭔지 알아? 무서워서 죽을 듯이 피하다 보면 내가 늘 마지막까지 남아 있게 된다는 거야. 그런데 난 죽다 살아나도 날아오는 공은 못 잡겠어. 결국 나만 노리는 공을 피하다가 죽게 돼. 그게 얼마나 싫고 무서운지 넌 모르지? 난 정말 피구 싫어!'

언젠가 현정이가 했던 말이 떠올랐다. 공이 무서워서

공에 맞을까 봐 필사적으로 도망 다니게 된다는 현정이.
차라리 내가 빨리 맞혀버리는 편이 현정이를 도와주는
걸까? 그런 생각을 하는데 공이 날아올랐다. 한 번 날아
오른 피구공은 쉴 새 없이 움직였다. 그때마다 아이들은
이리저리 토끼처럼 뛰어다녔다. 꺅, 소리와 함께 공이 몸
에 부딪히고 대부분의 아이들이 금 밖으로 나갔다.

와! 윤현정 피구여왕이잖아?

상대편에 현정이 혼자 남았다.

미애가 공을 들어 올렸다. 현정이 한껏 몸을 낮췄다.
미애도 현정이도 잔뜩 긴장한 얼굴로 서로를 노려봤다.

슈웅~~ 드디어 여름밤을 가르며 미애가 쏘아 올린 공
이 날아올랐다. 현정을 향해 곧장 튀어 나갔다. 순간, 내
몸도 공과 함께 날아올랐다.

정신을 차렸을 땐, 미애가 현정을 향해 쏜 공을 내 몸
이 막고 있었다. 바닥에 떨어져 있는 공 옆으로 아이들의
야유도 함께 떨어져 내렸다.

"뭐야? 태양이 우리 팀 아니었어?"

"태양이 왜 저래? 미애가 던진 공을 지가 왜 막아?"

"혹시 현정이 좋아하는 거 아냐?"

"미애랑 사귀면서 현정이를 좋아한다고? 대박!"

어느새 아이들은 미애를 둘러싸고 바닥에 떨어진 공과 나를 번갈아 바라봤다. 아이들 중앙에서 미애가 한 발자국 앞으로 나와 나를 내려다봤다. 그 눈빛이 붉어지고 있어서 나는 차마 제대로 마주 볼 수조차 없었다.

그러나 시선을 돌린 곳에 주저앉아 있는 현정이 얼굴을 보자마자 내 안에서는 엉뚱하게도 잘 됐다는 생각이 들었다.

비겁하다 욕해도 좋아.

내 몸이 나보다 먼저 내 마음을 알아챘나 봐.

현정아, 네가 다치지 않아서 다행이다.

나는 발밑에 떨어진 공을 주워들었다. 일어나 제일 먼저 땅바닥에 주저앉아 있는 현정이를 향해 손을 내밀었다.

제12장 이 연극의 끝은?

그러나 내가 내민 손을 현정이가 잡기도 전에 미애가 내 손을 잡아챘다.

"나랑 얘기 좀 해!"

나는 미애에게 손을 잡힌 채로 마을회관 밖으로 끌려 나갔다.

"너, 정말 꼭 이렇게 해야 했니? 내 사정 뻔히 알면서…… 네가 어떻게 그래? 아무리 네가 현정이를 좋아해도 네가 이러면 애들이 나를 어떻게 생각하겠어?"

미애가 울음을 터트렸다. 물론 미애의 사정은 안다. 미애가 어떤 마음으로 내게 사귀는 척이라도 해 달라고 부탁했는지도 잘 알고 있다. 태양이 너한테 고백했다가 차였다고 놀림 받으면 날 좋아해 주던 사람들이 나를 어떻게 생각하겠냐며 제발 사귀는 척이라도 해 달라던 미애가 내게 다시 소리치고 있었다. 태양이 네가 어떻게 그럴 수 있느냐고.

그러나 지금 내 앞에서 울며 소리치는 미애에게 나는 미안한 마음이라고는 전혀 들지 않았다. 여전히 아픈 언니에게만 관심이 있는 부모님 따위 상관없지만, 다시 예전으로 돌아가고 싶지는 않다면서 '제발'이라는 단어까지 사용하며 내게 부탁하던 미애는 이제 없었다. 단지 타인의 눈에 어떻게 보일 것인지에만 관심 있는 낯선 여자애만 내 앞에 남아 있었다.

"미애야! 하나만 물어볼게."

"갑자기? 넌 내가 묻는 거엔 대답도 안 하면서?"

"방금 네가 말했지. 아무리 내가 현정이를 좋아해도 아까 그렇게 행동해선 안 됐다고. 그러니까 미애 네 눈에는 내가 현정이를 좋아하는 게 보였던 거니? 언제부터?"

나는 미애의 눈을 똑바로 들여다봤다.

"그, 그걸 내가 어떻게 알아! 몰라! 난 하나도 모른다고. 네가 현정이를 좋아하는지 아닌지 그것까지 내가 왜 알아야 해?"

미애는 내 시선을 피했다. 나와 눈을 마주치지 않으려고 애쓰면서 이제 어쩔 거냐는 말만 되풀이했다. 태양이 너 때문에 나만 우습게 됐다는 말만 되풀이하는 미애의 모습에서 여전히 관심이 필요한 어린 미애의 모습이 겹쳐졌다.

"미애야. 네가 정말 나를 좋아했다면 고마워. 나를 좋아해 줘서. 그리고 또 고마워. 지금 이 순간 내가 용기를 낼 수 있게 해 줘서. 미애야! 우리 이제 그만하자. 좋아하는 척, 사귀는 척 연기하는 건 이제 그만할게. 그리고 아무도 너를 욕하는 사람은 없을 거야. 비겁하다는 욕도 내가 먹을게. 고백 받고 당당하지 못했던 건 나니까."

나는 미애가 내 팔목에 채워 준 하늘색 실 팔찌를 풀

었다. 생각했던 것보다 쉽게 매듭이 풀렸다. 나는 미애의 손바닥 위에 실 팔찌를 올려놓고 뒤돌아섰다. 뒤돌아 마을회관으로 걸어가는 내내 미애의 시선이 느껴졌다. 그러나 이상하게도 미애 걱정이 되지는 않았다. 미애라면 언젠가 혼자 골방에서 스스로 걸어 나왔던 것처럼 이번에도 역시 내가 아는 당당한 미애로 돌아올 수 있을 것 같았다.

"고백해! 고백해!"

마을회관 문을 열고 들어서자마자 아이들의 웅성거림이 들려왔다. '쪽팔려게임'의 벌칙이 진행되고 있었다. 황영웅이었다.

"쪽팔려게임이라지만 이건 너무하잖아?"

영웅이 반항했다.

"벌칙은 벌칙이지? 황영웅! 얼른 고백하라고!"

아이들의 성화에 영웅은 두 손으로 머리를 쥐어뜯으며 밖으로 달려 나갔다. 그러자 아이들이 영웅의 뒤를 쫓기 시작했다. 영웅이 벌칙을 할 때까지 지구 끝까지라도 쫓아갈 기색이었다. 그러나 벌칙을 하기 싫어 도망친 거라는 아이들의 예상과 달리 영웅은 무대의상을 입고 되돌아왔다. 젊은 기사 로렌스의 기사 제복을 입고 있었다.

"벌칙으로 고백하는 건 싫어! 난 진짜로 고백할 거야!"

영웅이 기사 제복을 입고 나타나 아이들을 향해 소리쳤다. 뜻밖의 말에 아이들은 입을 다물지 못했다. 쪽팔려 게임의 벌칙이 갑자기 고백 타임으로 바뀌어 버렸다.

"명랑아! 진짜 좋아한다! 내 마음을 받아 줘!"

영웅이 소리치며 제복 단추를 뜯었다. 제복 단추를 손에 쥐고 명랑이 앞으로 걸어갔다. 영웅의 갑작스러운 고백에 명랑이는 할 말을 잃은 듯했다.

"우리 학교 전설이래. 사랑하는 사람이 무대의상이나 소품을 지니고 있다가 무대에 오를 때 전해 주면 그 연극은 성공한대. 명랑아! 네가 내 제복 단추를 갖고 있다가 내가 무대에 오르는 날 직접 달아 주지 않을래?"

영웅이 명랑의 손을 잡았다. 그리고 명랑의 손바닥 위에 제복 단추를 올려놨다. 명랑이 손바닥 위에 올려진 단추와 영웅의 얼굴을 번갈아 바라봤다. 명랑이 입술이 벌어졌다. 무언가 할 말이 있는 듯했다. 그러나 여기저기서 터져 나오는 함성에 묻혀 명랑이의 말은 들을 수 없었다.

"다들 회관 앞으로 집결! 캠프파이어가 빠지면 여름 캠프라 할 수 없닷! 한여름 밤의 캠프파이어닷!"

담임선생님의 외침에 누가 먼저랄 것도 없이 밖으로 달려 나갔다. 이미 불붙어 타닥타닥 그 열기를 하늘로 피어올리는 모닥불을 향해 걸어 나가며 나는 현정의 모습을 찾고 있었다.

나는 대체 무얼 두려워했던 걸까?

뭐가 두려워서 사귀는 척 연기를 했던 걸까?

아무래도 이 연극의 끝은 현정이 너에게 가닿는 것이었나 보다.

나는 타닥타닥 소리를 내며 한여름 밤의 열기 속으로 사라져 가는 모닥불 앞으로 곧장 걸어갔다. 그리고 내가 모닥불 앞에 섰을 때 내 시야를 가득 채운 것은 바로 현정이 얼굴이었다.

제13장 첫사랑은 무대 위로

여름 방학이 끝났다. 드디어 내일 나무중학교 뿌리제가 시작된다. 축제를 앞두고 우리 1학년 1반은 마지막 리허설을 위해 방과 후 시청각실에 모였다. 아이들 모두 무대의상을 입고 있었다. 시냇가에 모여 노래를 부르는 마을 아가씨들과 젊은 청년들, 온딘과 스텝들까지 모두 준비를 마쳤다. 이제 무대 위로 올라갈 일만 남았다……고 생각했는데, 아니었다. 황영웅이 옷을 제대로 갖춰 입고 있지 않았다.

"황영웅, 너! 단추를 안 채웠잖아? 빨리 제대로 입어.

남자 주인공이 지금 뭐하는 거냐?"

나는 잔뜩 날이 선 목소리로 소리쳤다.

"알았어…… 채우면 될 거 아니야……."

황영웅이 시무룩한 얼굴로 뒤돌아섰다. 뒤이어 담임 선생님이 나를 불렀고, 나는 무대 앞으로 가 담임선생님과 무대 배경과 조명에 대해 이야기하고 내 자리로 돌아왔다. 이제 곧 무대 위로 올라갈 시간이었다. 그런데 황영웅의 기사 제복은 여전히 앞이 벌어져 있었다.

"야, 황영웅! 너 진짜! 빨리 단추 채워!"

나는 더 이상 참지 못하고 버럭 소리를 질렀다. 황영웅 앞으로 달려갔다. 내가 직접 단추를 채워 주려고 말이다. 그런데…… 단추가 없었다. 순간, 여름 캠프에서의 일이 뇌리를 스쳤다.

'명랑아! 네가 내 제복 단추를 갖고 있다가 내가 무대에 오르는 날 직접 달아주지 않을래?'

영웅의 절박한 모습이 선명하게 기억났다. 그러니까 명랑이에게 건네줬던 제복 단추를 돌려받지 못한 거였다. 단추가 없으니까 못 잠근 거였다. 나는 괜스레 무안해져서 머리를 긁적였다.

"혹시 누구 옷핀 있는 사람?"

내 말에 현정이가 잠깐만 기다리라며 밖으로 달려 나갔다. 여기저기서 중얼거리는 소리가 들려왔다. 명랑이한테 차였나 봐. 명랑이랑 황영웅은 절대 안 어울리지 등등, 영웅이 듣지 않았으면 하는 말들이 더운 여름 공기 속으로 스며들어 체감 온도를 더욱 높게 만들고 있었다.

"현정이가 옷핀 가져오면 바로 시작하자."

나 때문에 영웅이 아이들의 시선을 받게 된 것 같아 괜히 미안해졌다. 어떻게든 빨리 이 무거운 분위기를 깨 버렸으면 좋겠다는 생각을 하고 있는데 명랑이가 나타났다.

"황영웅! 돌아서 봐!"

명랑이가 황영웅을 돌려세웠다. 명랑이 손에 대본 대신 제복 단추와 글루건이 들려 있었다.

"나 바느질 못 하거든! 실 대신 글루건으로 붙여 버릴

거니까 연기 잘해!"

명랑이 영웅의 제복에 단추를 붙여 버렸다. 실이 아니라 글루건으로. 정말이지 명랑이다웠다.

"연기 잘하고 오라니까? 대답!"

명랑의 물음에 영웅은 빨개진 얼굴로 명랑이 붙여 준 단추를 몇 번이고 매만졌다. 그러고는 무대 저편에서 들려오는 담임선생님의 호령에 무대 위로 뛰어 올라가며 명랑이를 향해 외쳤다.

"오늘부터 일일이닷!"

그 모습에 우리 모두 웃음을 터트리고 말았다. 영웅을 바라보며 명랑이는 정말 구제불능이라는 듯이 고개를 내저었다. 그러나 우리가 쳐다보자 얼굴을 붉혔다.

"그러니까 그게…… 내가 단추 안 달아 줬다가 연극 망칠까 봐……."

명랑의 말도 안 되는 핑계에 여기저기서 야유가 날아왔다. 그러나 곧장 축하의 말들이 이어지며 시청각실의 분위기는 한껏 달아올랐다.

"어? 벌써 올라갔네? 단추도……."

뒤늦게 나타난 현정이가 실과 바늘을 든 채 무대 위를 올려다봤다. 영웅의 제복 단추가 제대로 달려 있는 걸 보자마자 현정이 얼굴에 미소가 번졌다. 어렵게 찾아온 실과 바늘은 이제 쓸모가 없어졌지만 이쯤이야 뭐 상관없다는 표정으로 현정은 무대 위의 영웅이와 명랑이를 번갈아 봤다. 이제 막 사귀기로 약속한 커플을 바라보는 현정의 눈빛에 따스함이 가득했다.

현정아. 네가 나를 볼 때도 지금처럼 눈을 빛내면 좋겠어.

아니. 내가 늘 네 눈이 빛날 수 있도록 기쁘게 해 주고 싶어.

나는 현정이 옆으로 다가가 현정이 어깨를 툭 쳤다.

"어휴 깜짝이야! 뭐야? 갑자기?"

"손 줘 봐."

"손?"

현정이 어리둥절한 표정으로 눈을 크게 떴다. 나는 크

크큭, 웃고 말았다. 현정이는 모를 거다. 가끔 이렇게 눈을 크게 뜨고 고개를 갸우뚱할 때면 자기가 얼마나 어린 애 같은지, 얼마나 귀여운지 말이다.

"그래, 손! 손 좀 줘 보라고."

내 말에 현정이 엉겁결에 손을 내밀었다. 나는 오늘 꼭 주려고 준비했던 반지를 현정이 손에 끼워 줬다.

"뭐야, 이거!"

내가 끼워 준 반지를 내려다보며 현정이 웃음을 터트렸다.

"윤현정! 잘 들어! 나 언젠가부터 막대사탕은 콜라 맛만 먹게 됐어. 커플 반지는 보석 사탕 반지 아니면 안 돼!"

"뭐라는 거야, 진짜!"

"그러니까 지금 나, 너한테 고백하고 있는 거라고!"

내 말에 현정이 얼굴에서 웃음기가 사라졌다.

"지금 장난치는 거야?"

웃음기 전혀 없는 얼굴로 현정이 물었다.

"네 눈엔 내가 장난치는 걸로 보이냐? 나 이태양이라고! 다른 건 몰라도 미적 감각 하나는 자부하는 사람이 나야. 그런 내가 지금 보석 사탕 반지를 끼고 있잖아. 이 반지 나 계속 끼고 다닐 거라고. 너랑 같이. 커플 반지로. 그래도 장난인 것 같냐?"

나는 보석 사탕 반지를 낀 내 왼손을 현정이 앞에 내밀었다.

"그럼 이거 먹는 건, 언제 먹을 건데?"

현정이 픽 웃으며 내가 건네준 보석 사탕 반지를 흔들어 보였다. 그 손을 붙잡으며 내가 대답했다.

"백일 기념으로? 어때? 백일 될 때까지 우리 이 반지 같이 꼭 끼고 다니자. 네가 그날 편의점에서 그랬잖아. 남들 보기에 우스운 짓도 같이 할 수 있는 사람이 이상형이라며? 그거 나랑 같이 하자! 그것도 아주 자주! 아주 많이!"

내 말에 현정이 깍지 낀 손에 힘을 주며 내 손을 맞잡았다.

어느새 시작된 리허설이 절정을 향해 달려가고 있었다. 나의 첫사랑도 이제 막 무대 위로 올라서고 있었다.

에필로그

"그러니까 다, 나 때문이었다는 거야?"

나 안봉화를 이렇게까지 놀라게 하다니! 역시 오미애
는 특별하다. 예쁜 쪽으로도 특별했지만 엉뚱한 쪽으로
도 이렇게까지 특별했다니.

"나도 일이 이렇게까지 될 줄은 몰랐지. 연극 한다고
오디션 할 때부터 봉화 네가 나보다 현정이랑 더 친하게
지내니까 그랬지. 봉화 너, 나랑 온딘 역을 두고 경쟁할
때부터 나보다 현정이랑 더 친하게 지냈잖아. 그건 내 말
이 맞잖아? 난 봉화 네가 내 단짝인 줄 알았는데!"

미애가 울음을 터트렸다. 나는 정말 어이가 없어서 할 말을 잇지 못했다. 다른 사람도 아닌 나, 안봉화가 할 말을 잃다니! 나도 놀랄 일이다.

그러니까 미애 말대로라면 그날, 여름 방학이 시작되기 전날, 미애가 이태양에게 사귀자고 고백했던 건 실은 현정이를 괴롭히려고 그랬다는 거다. 오로지 현정이가 미애의 단짝인 나 안봉화와 자신보다 더 친해진 것 같다는 이유로.

"봉화 네가 내 맘을 알아? 내 외모만 보고 다가오는 애들은 많아. 앞으로도 그렇겠지. 그런데 그거 알아? 그런 애들한테 둘러싸여 있으면 숨이 막혀. 편하게 웃고 떠들고 장난칠 수도 없어. 아이들 눈에 내가 어떻게 보일까 의식하게 되고…… 편하게 걸을 수조차 없다고. 난 봉화 너랑 있을 때 제일 편하고 좋아. 그런데 현정이는 꼭 봉화 너, 아니어도 되잖아. 현정이한테는 명랑이도 있고 태양이도 있잖아."

그렇게 말하며 미애는 하늘을 올려다봤다. 입을 크게

벌리고 숨을 내쉬었다. 꼭 지하실에 갇혀 있다 풀려난 사람 같았다. 나는 깜짝 놀라 미애를 쳐다봤다. 미애 입에서 나오는 말들이 하나도 믿기지 않았다. 오미애가 누구인가? 우리 1학년 1반, 아니 우리 나무중학교에서 가장 예쁘다고 소문난 미녀이다. 그뿐인가? SNS에서도 유명한 아이다. 그런 미애가 나 때문에 현정이를 괴롭히고 싶었다고? 이렇게 특별한 아이가 단짝 친구라고 믿었던 나를 다른 여자애에게 뺏길까 봐 불안해했다고?

오! 나란 여자는 대체 어떻게 생겨 먹은 인간인 건가? 왜 이토록 특별한 매력을 갖고 있단 말인가? 하마터면 나 때문에 현정이와 태양이는 서로 사랑하면서도 사랑을 이루지 못할 뻔했다. 하마터면 나 때문에 이렇게 예쁜 미애는 사랑하지도 않는 남자와 사랑하는 척 연기를 하며 불행한 삶을 살 뻔했다.

"오, 신이시여! 어찌하여 저에게 이토록 많은 매력을 주셨단 말입니까!"

나는 한껏 과장된 연기를 펼쳐 보이며 미애의 손을 감

싸 쥐었다. 미애의 불안이 멀리 저 멀리 사라질 수 있도록 미애의 귀에 대고 "내 단짝 친구는 미애 바로 너야."라는 말을 몇 번이나 속삭여줬다.

그러나저러나 아무튼 내 단짝 친구 미애는 대단하다. 현정이가 태양이를 좋아하고 있다는 사실을 우리 중 그 누구보다도 먼저 알아챘었다니. 게다가 그 엄청난 발견을 이용해 현정이를 괴롭힐 생각까지 했었다니! 가능한 미애한테 미움 살 일은 하지 말아야겠다고 생각하며 나는 〈물의 정령 온딘〉을 할 때 머리에 썼던 꽃 화환을 미애에게 선물했다. 우리 우정 영원히 변치 말자는 증표로. 그러자 미애는 하늘색 실 팔찌를 내 손목에 묶어줬다. 자세히 봤더니 이태양 손목에 묶어줬던 그 하늘색 실 팔찌였다.

이건 뭐지? 혹시 나, 손목을 높이 들고 "안봉화는 오미애 거다!" 라고, 외치기라도 해야 하는 건가?